梳妆

曾珊珊 著

作家出版社

图书在版编目（CIP）数据

梳妆 / 曾珊珊著 . -- 北京：作家出版社，2023.9
ISBN 978-7-5212-2360-6

Ⅰ.①梳… Ⅱ.①曾… Ⅲ.①长篇小说－中国－当代
Ⅳ.①I247.5

中国国家版本馆 CIP 数据核字（2023）第 109642 号

梳 妆

作　　者：曾珊珊
责任编辑：李亚梓
封面设计：琥珀视觉
出版发行：作家出版社有限公司
社　　址：北京农展馆南里 10 号　　邮　　编：100125
电话传真：86－10－65067186（发行中心及邮购部）
　　　　　86－10－65004079（总编室）
E－mail: zuojia@zuojia. net. cn
http: // www. zuojiachubanshe. com
印　　刷：唐山玺诚印务有限公司
成品尺寸：142×210
字　　数：165 千
印　　张：7.125
版　　次：2023 年 9 月第 1 版
印　　次：2023 年 9 月第 1 次印刷
ISBN 978－7－5212－2360－6
定　　价：49.00 元

目录

第一章

叶 动

那股攒动的人群，动得是那么有序，奏着规律的节拍，神气向上。然而，他们中有些已几乎失了重心与方向，只不过看上去还在步履匆匆，仪态万方，节奏裹在人群里。有些已濒临绝望，虽然脚步仍在，步伐却乱了方寸，时刻想要突出重围。还有些迈着越发渺茫无力的步子，渐渐地淹没在匆匆又犀利的脚步声中。他们看到了一片安静，像是瞬间映入眼帘，来得突然，又似乎是缘于他们内心的迫切，总之，看到了。又是谁最先看到的？也许是那无意间朝向另一个方向的人，也许是那不甘绝望寻找希望的人，也许是已然突破人群的人，也许是用双眼中一抹力量撞上了这片安静的人。

这里的四季不很分明，温度总是持之以恒，景色迷人，可人烟稀少。气，潮湿又阴凉，毫无偏倚，毫无保留地赋予着整片泥土，树枝干天天向上，以不变应万变，从不惊慌失措，牢固地落成一棵棵美丽的大树、小树，高的、矮的。叶子们当然很结实，有序地在树枝上排着队，稳妥又有力，谁也不愿落下。不知怎的，和它们长相相同的一片叶子落到了地上，携着树干周围阴湿的泥土滚到角落里，被一座简约的建筑挡住了去路。

　　佳宾航空客服中心的大厅内"眉飞色舞"。迫于形势需要，两年前航空公司动用重金在这里打造了这座客服中心，为了提供更加专业的服务，拉近公司与客人间的距离。近，近，再近，工作在这里的客服员工每天都免不了接听来自四面八方的电话，那声音就像客人们已经来到眼前、身边，扑面又刺耳，客服们不停地抚慰来电客人的情绪，如同医院的高级护士安抚正在被抢救病人的家属。一阵阵的愤怒、惊吓、恐惧乃至绝望。安抚，安抚，再安抚。多半天过去了，下午，一位年轻女客服接到一个投诉电话后，猛然间从弥漫在大厅的氛围中抽离了出来。她不知是站是坐，是点头还是摇头，是微笑还是严肃。

　　"您好！佳宾航空。欢迎拨打我航人工投诉专线，我是 E11号客服，请问有什么可以帮助您？"

　　"为什么我在乘坐佳宾航空飞机时找不到家的感觉？"

　　"女士，真是对不起！我们没有服务到您满意。请问您经常乘坐我司的飞机吗？"

　　"目前只乘坐过一次。"

　　"请问您乘坐的是哪班飞机？航班号是多少？"

　　"我忘记了。"

　　"那么您是在什么时间乘坐的航班？"

　　"从前。"

　　"您是否还记得具体是在哪一天？"

　　"那一天。"

　　这位还算是训练有素的女客服此时心中已经起伏不停，可语气仍然保持平稳且不慌。

"请问您是刚刚下飞机吗？"

"早已经下了。"

"您还要返回起飞地吗？"

"也许。"

"请问您此次乘坐我司航班是出于什么原因？商务出行？探亲访友？差旅？求学？还是其他原因？"

"回家。"

"怎么称呼您？"

"乘客。"

"您是否方便留下姓名和联系方式？"

"不太方便。"

"除了刚才提到的问题，您还有其他的话想对我们说吗？"

"没有了。"

"您对佳宾航空有什么期望？"

"家的感觉。"

"感谢您的致电，我们会尽力而为直到客人满意。再见！"

当晚，佳宾航空客服中心总监伊佩尼从眉飞色舞般的大厅里出来，朝公司副总范克的办公室走去。门开着，只见米基在里面。米基背对着门，依旧是那副老样子，脖子微微收缩，也不轻易扭动，无论是站是坐，无论周围有一个人或一群人，他总是保持一个平均高度，不凸显也不被淹没。伊佩尼修长的双腿向旁边挪动了几下，靠在墙上等待。米基听到了身后有脚步声，看了看时间，想到应该是伊佩尼来了，便不再继续和范克交谈了，起身向外走。站在门外的伊佩尼和他撞了个正着，米基那张凹凸不平的脸，一股脑地映入伊佩尼的眼中。伊佩尼不禁眨了一下眼睛，可米基的双眼却总是平视前方，见伊佩尼在门外等候，说了句："上班？"伊佩尼也回了句："是的。你下班？"米基的双眼依然平视着他的前方，说："明天见！""明天见！"伊佩尼一边看着他，一边说着。他向他的前方走去，他看着他的背影，修长的双腿一动未动，僵硬地贴墙立着。只听屋里传来一声："有人吗？请进！"他才调整了姿势和表情，扭头走进了范克的办公室，把门关好后，微笑着在范克面前端坐了下来，精神抖擞地对范克讲起来。

"有个新故事和一堆旧故事，想要听哪个？"伊佩尼首先问道。

"啊哈，米基刚刚给我讲了一下午的故事，全是那样老旧，请给我来个新鲜的。"

"好的。今天下午四点五十一分客服中心 E11 号客服接到一份电话投诉，内容是一位不留名的客人在从前的那一天乘坐过一次佳宾航空的飞机，现在她早已经下了飞机回家，她对佳宾航空的期望是有家的感觉。"

"请继续。"

"就这些。"

"她投诉什么？"

"我为什么在乘坐佳宾航空飞机时找不到家的感觉？"伊佩尼模仿电话录音里面的那个声音学说了一遍。

"我要听一下投诉电话录音。"

伊佩尼立即拨下挂在左耳的耳麦，对着黑色的麦克风说："请将 E11 号客服下午四点五十一分接听的投诉电话录音传给范克先生，谢谢！"说完又将耳麦拨回上方。

很快，录音就被传了过来，范克听完后，双眼仍旧盯着办公桌上的接听设备，好奇地说道："的确新鲜。"

"哦，天啊！你居然开始肯定我说的话。谢谢！"一直端庄着的伊佩尼此刻浑身飘来一阵原本属于他的松弛。他的发丝棕黄又油亮，有型得纹丝不动，面庞洁净，工装也十分笔挺干净，可他的思想却是任何东西都固定不住的，飘逸又超然。

佳宾航空的机组人员结束了一轮飞行，下班后，一行人拉着箱子有说有笑地走在橙山机场内的滚动传送带上，为这小而平静的机场增添了一道亮丽的风景。这风景每周往返两次，定时地来去。希娴也在其中，与同事们一起走向回家的路。她回家的路线与他们不同，每次都要在那个通往地下的电梯门口与同事们道别，然后独自一人乘电梯下去到大巴士站，只有这一部电梯通往站台，只有这一班车停在车站，只有前方一条路通往她的家，上车时也只有她一人。希娴熟练地将箱子放进车下方的行李舱中，推进最里端，空空的行李舱中此时只有她这一个箱子。她挎着手提袋独自上了车。还要有一个小时的车程，她坐在座位上，等待着出发。

不一会儿，上来了几个人，希娴认得他们都是刚刚被自己服务过的机舱里的乘客，紧接着，又陆陆续续地上来几位，他们会在接下来停靠的各站下车，但是希娴确定，自己仍将会是最后一个下车的人，因为她并不认识他们。

夜幕早已降临多时，佳宾航空客服中心的大厅依旧热火朝天，与此同时，负责人范克与伊佩尼二人也在投入地工作着，他们仍在办公室里揣摩着下午的那位投诉客人，寻找各种线索，分析各种原因，像是在破案。

"首先肯定，这份投诉出其不意。"范克坚定地说道。

"是的。"伊佩尼点头表示同意。

"越是这样的投诉，我们越要重视。"

"我非常同意你的说法。"

"'只乘坐过一次'，'回家'……伊佩尼，你听她像多大年纪的人？"范克边想边问，两只铜铃般大的眼睛向屋顶上看着。

"听上去很年轻。"

"年轻姑娘吗？"

"应该说……感觉……"

"什么？"

"感觉更像个少年的声音。"

"十几岁孩子的恶作剧？"

"有这种可能。但如果是恶作剧，它真的称不上出其不意。"

"不错，米基总监下午给我讲的老旧故事里有三分之一是恶作剧。"

"又有孩子在夜间'投诉'我们？"伊佩尼睁大眼睛问道。

"我们中心是二十四小时工作，给了恶作剧很好的机会来发挥。"范克略带无奈地说。

"我们身为总监，不得不按时向你汇报工作，这也是公司对我们的要求。"

"可是范克只有一个。现在米基下班了，一定正在和他那身材丰满又肥硕的老婆还有两个甜心宝贝共进晚餐。可你又来了！"范克的眼珠已从头上的天花板转移了下来，此刻正看向伊佩尼。

"非常抱歉。其实米基全家来这里也算是背井离乡。为了米基工作，全家都跟着他一起到这里生活。"

"难道我们不是背井离乡？客服中心的每一个人都是这样。"

"是的，我们都快忘了自己身在何处。不过，公司这样安排，也是为了安全。两年前那起袭击客服部的事件真令人毛骨悚然。"

范克听到这话后，一直瞪着的双眼瞬间下垂，避开了伊佩尼的脸，连忙说道："我们继续往下说这个投诉。"

"我们怎么才能为这位客人找到家的感觉？我们自己都没有家的感觉。机组空乘人员有家的感觉吗？"

"我们连她在哪里都无法知道。"范克说着，解开了领口的衣扣，刻板的工装本就不太合身，这下子显得更不规范了。

"是的。佳宾航空每天有近百架飞机起飞降落。到底是哪一天的哪一架飞机没有给她家的感觉？"

"客服中心无法显示她的号码所在地？"范克问道。

"无法显示。这对于你我来讲并不奇怪。现在越来越多的客人在联系我们时都会采取措施，不让我们看到更多细节。"

"我们还要进一步分析投诉客人所说的话，她说早已经下飞机了，也就是已经有一段时间，我理解至少有一周甚至更长。你认为呢？"范克进一步问道。

"我想不出来。"

"她说也许还要返回起飞地，又说此次乘飞机是回家。也就是说她从起飞地乘坐佳宾航空的航班回家，也许还要返回去。"

"返回去是为了什么？"伊佩尼问道。

"也许她还要回去继续工作，可听声音她不大可能到了工作的年龄。也许她还要回去继续上学。"范克嘴上说着，可心里实在是理不清头绪，自己都没有底气再往下分析。

"她本想回家，但是乘坐了一次佳宾航空的航班后又改了主意，还要走，离开家。"伊佩尼一字一句地说，晚间的办公室里是那么安静，好像全楼里只有自己在说话，他似乎听到了自己话音的回声。

"为什么？"范克注视着他问。

伊佩尼顿了几秒钟，说："因为她乘坐佳宾航空飞机时找不到家的感觉。"

范克听后，更加认真地想着。

"她期望家的感觉，一定是期望我们提供给她家的感觉。"范克的话中透着些感慨，他一只手捂住了眼睛，好像怕灯光照到，轻轻搓了搓后，又放下手，问："她的确没留姓名吗？"

"哦，范克，她连自己所在的位置都掩盖了，怎么可能留给我们姓名？"

"叫另一位客服总监米基参与，听听他的意见。"

"范克，如果我们肯定这不是恶作剧，我们是否还能肯定佳宾航空——我们工作的公司从未承诺过或者根本没有义务为任何一位乘客提供家的感觉。我们有宣传标语吗？我们与乘客签订过任何相关协议吗？一概没有。"

范克从电脑中找出一张机票图片，将票的正面和背面快速浏览了一番，没有发现机票上有任何相关字眼。他又随手从抽屉里找出两份空白的贵宾级客户保险合同，是今年与去年的合同，大致对比了一下，除了那众所周知的几处变化，今年修订后的合同与所谓的"家的感觉"无关。

身为佳宾航空公司副总的范克，他的工作步骤比穿在身上的工装更加规范，从未越雷池半步。工装是歪扭的，而工作却进行得相当正规。

巴士经过一个小时的行程，到了终点站，空空的乘客座位上只剩希娴一个人，下面空空的行李舱中仍然只剩下她的那个箱子。

"Po！"希娴终于回到了家，向躺在床上的外婆喊了一声。在她回来之前，整个屋子只有外婆自己，独立而坦然。希娴掀开水桶盖子，已经没有水了。她脱下笔挺的职业装，穿上一条裙子和一双布鞋，提起木桶向外走。已经是夜晚，宁静的村庄没有路灯，走一段路，才能遇上悬挂在另一栋房屋门前的灯，屋门外的水桶也空了，她看了看后，接着走，不远处就是村里的河，她来到河边先打了一桶水，提到那家门外的空木桶前，将水全部倒进去，冲里面喊了一声："水来了。"然后，回到河边重新打了一桶水，提着它走回到自己的房间。门口的木头还有一些，她拿了几块放进炉中，点燃了，火烧了起来，她从门外取出生的食物，有米，还有肉有菜，一定是来照顾 Po 的阿妈们在自己回来前留下的。她先用电饭煲煮饭，菜是已经洗干净的，她简单切了几刀，炉上的锅烧热后，她倒进些油，烧起了菜。门外也有几样家用电器和厨具，可常用的只有电饭煲和刀，除此之外，她仍在沿用着族人传统的烹饪方法。

热腾腾的饭菜做好后，她先喂外婆吃饭。她并不担心自己外出工作时外婆没有人照顾，因为总会有人来喂水喂饭。她从小也是这样，被村中不同的人喂水喂饭。她刚才发现有户人家门前的水桶空了，自然而然地就会填上。

希娴心中有强烈的感觉，觉得外婆正在渐渐远离她。半年前，她还能用自己为她买的手机与自己通话，特别是在自己出门在外时。后来，听不到外婆的电话了，只有回到家时，才能听到外婆和自己说话。上个月，外婆和她之间只能讲上简单几句，而此时，已经听不到外婆说话的声音了。好在她每次飞回来，还能看见她的身体，实实在在地躺在床上，这使得希娴心里还留有一丝踏实。

月夜依稀，月下的村庄宁静安和，村屋中的人每夜却在悄然地变着，有生，有老，有病，病倒，终将还在。

转天一早，米基来上班，刚走进办公室，就被范克叫去。他连忙又去了范克的办公室。范克一见到米基那张凹凸不平的脸便笑着说了句："丰盛的早餐！"他总想把他的脸用活跃的语言舒展开来。

"和公司的一样丰盛。"米基低调地回答。

"果然又是在家里吃的。"

"当然。"

"你有没有家的感觉？"

"什么？在家里吗？当然有。"米基心里一愣，可依然保持着严肃和低调。

"现在呢？"

"现在？现在是在公司里，不是家。"

"你是否期望在佳宾航空找到家的感觉？"

米基听后，感觉脖子不知是要伸直还是要像往常一贯地收缩着。

"哈哈！"范克那两只铜铃般的眼睛像被神经线拉了一下，立刻从嘴里发出铃铛般的笑声。他感到米基一定是在想他那丰满的妻子还有早餐三明治中那片香浓的奶酪。于是接着对米基说："尽管你昨天给我讲了一下午的故事，可这并不能阻挡新故事们的到来，一个接一个。"

"什么时候？"米基问。

"昨天下午伊佩尼刚上班时。"

"哦，他昨天下午来就是为这事？我离开你的办公室时他刚好要进来，那时是下午五点二十分。"

"是的，投诉电话是昨天下午四点五十一分打来的，那时伊佩尼刚刚上班二十一分钟。我俩都已经听过完整的电话录音，现在我放给你听，注意，走！"范克边说边按下播放键。

"电话里的声音很清晰，听不到任何杂音，这说明线路很好，有可能是离我们客服中心不远的地方。"米基听后说道。

"有可能，但不一定就是。"

"其实从多数与我们有时差的地方传来的电话声音都不如我们本地的清晰。长期工作在客服中心的员工们对这方面都很敏感。"米基对范克解释。

"就算她离我们很近，我们也能判断出她……"

"她乘坐佳宾航空的飞机降落在这里的橙山机场。此刻，她人就在当地。"

"米基，你也许是习惯了家庭生活，上班、下班，回家后有家人陪伴。可在这里的大多数人都不是这样的。就拿我们佳宾航空客服中心来说，没有一位是出生成长在这里的人，他们都是为了这份工作才离开家来到这里。我们是这样，那些坐落在这一带的研发中心、基地等似乎也没有太大的不同。除非……"范克想了想，然后说，"除非是那些深山老林里的族人。"

"不知公司总部那些人听到这份投诉会怎么想？是否还要按照常规工作流程去做？如果问到我们，该怎样说？"米基显得有些不知所措，心中更是泛起了慌张。

范克沉默不语，没有回答米基。

"我觉得，目前我们要尽快找出这个打投诉电话的客人，当面了解情况，制定解决方案，尽快处理，确保结果令客人满意，进而撤销投诉。"米基在范克面前表明了自己的态度。

每周两班的佳宾航空飞机从橙山机场起飞降落，机上载着的客人，不乏新新人类，时间久了，也形成了各种族，叫法也有意思，职场新族类被叫成通勤族、候鸟族；粉丝新族类被叫成NONO族；生活新族类被叫成海蒂族、99一族。他们有的在这里上班，有的听闻这里的风景，前来旅游观光。新族们随着新千年的到来应运而生，而工作、生活方式却各自不同。

希娴每次工作结束后，送走新族人，然后就会不停歇地赶回家，回到那个古老的族中。她不同于机舱里的那群人，各奔东西，而自己和族中的人们依然有着共同的信仰、同一片山林、同一片农田、同一条河，大家一同耕耘，一同跳舞，一同欢歌，一同生活，虽然新千年的太阳照耀过了族群，可在这近一年的时间里，希娴还未曾感到有任何变迁，他们永远在自己身边。

希娴一早又走出去，清早的光芒从林间穿过，温暖起了泥土，温热着泥土中一整晚的湿气。希娴身披熟悉的衣服，脚踩熟悉的鞋，迎着熟悉的光芒，呼吸着熟悉的气息，一路走着。几分钟后，来到村落里唯一一间熟悉的中药铺。药铺的木门开着，没有看到人。希娴站在门外向里面轻声喊道："神奇的药铺，我来了。"见没人回应，于是迈进铺子里。这时，从后屋走出来一位男子，年纪看上去比希娴要大上几岁，清瘦又沉稳，希娴一见到他，面露喜悦，对他说："请为我的Po再开些药。"

"我需要亲自看看她。"

"好啊！"

说完，男子随着希娴向外走，一直走到 Po 的床前，见到她的脸和那双闭合的眼，他屏住呼吸，在床边坐了下来，为 Po 把脉。他并没有说话，扭头看到床那侧的镜台，是希娴的镜台，每次临行时、回来后，她都会坐在镜台前梳妆、卸妆。一把梳子安静地躺在镜前。此时，屋子被清晨的阳光照着，还未亮满整屋，只有一半屋子布着光，在镜台那侧。镜中映出希娴的长发，乌黑又绵长。屋子的这一半仍是暗的，Po 的脸从昨夜到现在一直暗着。他低头沉思了片刻，又扭头看向屋外的光芒、镜前的梳子和 Po 的脸，一半光亮，一半暗淡。

他起身离开，希娴也随着他走了出来，一直跟在他身后。回到药铺，他并没有停歇，快步走进后屋，希娴便坐在一把木椅上等候。

屋外的树林和泥土、河流和庄稼，屋内的男子和药材，这一切足以使得希娴能踏实地坐着，平静地等候。不一会儿，希娴见他捧着一张纸走出，纸上平摊着一小堆药，便轻声问道："好了？"

"还差一味。"

"请告诉我，还差哪一味药？它叫什么名字？我要找到它。我一定会找到它。"

"心意。"

"心意？"

"你镜台上的那把梳子，折断两根齿，入药一起煎。"

"好。"

"两根就够，一点心意。"

希娴离开药铺往回走，面庞和脚步依然踏实。走着走着，突然听到树林那边有动静，她放慢脚步，这个时间，男人们都去农耕，女人们都在家中，房前房后地忙不停。生长在这里的希娴对村落中的一切再熟悉不过，那林中的动静令她产生好奇，虽然手中提着要为 Po 熬煎的药，双脚却不禁朝另一方迈去。

果然出现了一抹不熟悉，与这村落的一切都大不相同，一个男人正在树林中摸索着行走，他的头发卷卷的，并不是黑色，待他走近几步，脸庞也清晰地呈现出来，希娴肯定他不是亚洲人。

最近这二十年来，族中出现过两抹陌生，二十年前出现过，十年前又出现过，而今天的这抹，是在这安宁的村落中第三次出现。希娴站住了，那男人也看到了她，脸上现出欣喜，像是抓住了救命稻草一般，快步朝希娴走来。

"你好!"他用英语首先问道。

"你好!"希娴居然也用英语流利地说。还没等他说话，希娴接着问道："你来自哪里?"

男子本想自我介绍说我叫伊佩尼，来自佳宾航空公司，可听过这姑娘的声音后，还是愣了一下，然后对她说："我是探索者。"

"你一个人来?"

"是的。"

"有什么可以帮你?"

"我想继续看看这里，那里面有人家?"他手指着希娴身后那片隐约现出的房屋问。

希娴点点头。

"真是好!"他惊叹地夸道。

"玩得愉快!"希娴面带微笑地说。见他好似全然沉浸在这

梳 妆

景色中，更有些不知所措的样子，希娴又接着问："你的车停在哪里？"

"你怎么知道我开车来？"

"我很有把握你是开车来。我只是提醒你，这里会有一种大鸟，它们的嘴有可能会刺伤你的车。当然，也可能会向你扑来，当心！"

"是吗？那真的很有趣！"

"再见！"

见希娴要走，他迅速把手机举在面前，摸着按键说道："我怎么感觉你会消失得无影无踪？"本已转身的希娴听后，又回过头来，问："你害怕这里？"

"怎么搞的？又让女孩子看出我的恐惧，我真是糟糕！"

希娴笑了笑，说："除了大鸟，这里很安全，不用担心。"

"谢谢！"

"哦，还有，你车里的汽油足够回去吗？这四周恐怕加不到油。"

"我好像记得刚才来的路上有几个站牌，看上去像是汽车站。"

"那里也不行。"

"哦，是这样。"

"你的手机电量充足吗？"

"还好。"

"电量足，才能一直为你指路。"

"你真的好聪明，我的确是在使用电子罗盘。手机里的新功能，这玩意儿我今天要好好试试。"他摆动了几下手机，做出一副使用罗盘的样子，又不敢露出屏幕让希娴看到。

"请问这里还有像你一样能够说英语的人吗？"伊佩尼继

续问。

希娴摇摇头。

"孩子们呢?"

希娴又摇摇头。

"你肯定?"

希娴点点头。

希娴紧握手中的药,意识到不能再多耽搁了,还有份心意要取,便对他说:"我要回去了。"

"回哪里?"

"家。"

听到"家"这个字,男子条件反射般地脱口而出:"我为什么找不到家的感觉?"

"你在说什么?"

"请问你有没有找不到家的感觉?"

希娴摇摇头。

"你肯定?"

希娴点点头,水嫩的脸上还是那份一如既往的踏实与平静,虽然手中紧握着药。

从村子里回来的伊佩尼肯定一件事,就是昨日的投诉不会和自己有关,更不会牵扯到自身。下午,他轻松又心安理得地来上班,仿佛从未发生过什么。然而,米基却显得急匆匆。临交班时,他来到范克办公室,一进门,便说:"今天一切正常,百分之百是来电咨询。"

"那真的好极了。"范克坐在办公桌前应了一句,却在低头看着一份文件。

"关于昨天 E11 接到的那份投诉，我们可否向总部申请技术支持，搜索或定位来电？当然，这有些困难。"

"的确困难。"范克停下手里的工作，对米基说，"首先，它必须能引起总部足够的重视；其次，一切技术都需要等客人再次来电时部署实施，例如锁定来电、精准定位等等。这不是成了警局？电话那头是我们的客人，而不是犯人。"

"但愿是犯人，而不是客人。"米基语气有些恨。

范克听后有些吃惊地看了他一眼。米基接着说："我们每天工作得相当疲惫，为什么总是无法被人理解，而且还变本加厉地对我们搞这种恶作剧。真是可恨透了！"

"米基，请注意使用职业化语言。"

"抱歉！"米基说完后，起身向外走，嘴里还不断地重复着刚才的不满。

米基今天怎么了？范克看着他的背影，心想，他不同于伊佩尼，算是一个很遵守规则与秩序的人，包括每时每刻都保持整齐的衣着和发饰。可今天的表现，却一反常态，他竟然狠狠地抱怨起来。范克心中生出了一丝怀疑。米基走远后，他低下头继续检查着自己刚刚总结好的关于那份投诉的处理流程：

一、接到投诉后，在二十四小时内已经与两位客服总监沟通，交换意见，并得到了两位总监的个人意见及看法。

二、定时整理出了这一阶段客户的各种反馈意见、建议以及投诉，并根据这些总结经验，提出工作想法意见向上级汇报。同时提到如何查找被投诉航班号的建议方法，从而客服中心才能将信息反馈给相关机组。

三……

报告写得认真又细致，他反复读着这份打印出的文件，原本打算今天将其上报给总部，可听了米基刚才的一番话，经斟酌后，他改变了主意，暂时把报告放回了抽屉。

米基离开范克的办公室，快步走去客服中心大厅，心也显得急匆匆。大厅里依然是一片繁忙，米基几乎冲了进去，没见到经理，索性冲向一位正在工作的客服，那是客服中心的"竖耳朵"，已经在佳宾航空任职六年，一直工作在客服岗位上，经验十分丰富。见到总监站在自己面前，他忙站起来说："你好，总监，请问有什么需要我帮助？"

"立刻把工作转交给替补客服，跟我来。"

"好的。"

大厅里顿时安静了许多，除了正在接听来电的客服，其余的人已经看见了总监站在这里，他们一面保持着工作的样子，一面在小心地等待着米基接下来的举动。只见"竖耳朵"交接完工作后，对米基说："都好了。"米基什么也没说，又大步地走出大厅，"竖耳朵"也紧随其后。见二人确实离开了，大厅里的人们才松了一口气，心里面继续琢磨着为什么"竖耳朵"这时候被叫走。

"竖耳朵"被米基领到范克的办公室门前。

"对不起，打扰一下，我想我还有件事情。"米基首先开口朝里面说道。

"请进。"

二人顺利地走进范克的办公室，米基靠前一些，站在范克面

梳妆

前，说："我们能否再放一次那份投诉录音，我请来了我们客服中心经验丰富的'竖耳朵'。"

"你想怎样？"

"请他来帮我们听一听，做下判断。"

"好吧，可以。"

范克按下了录音，不过只响了半分钟，便被范克按停了。米基看看"竖耳朵"，他双眼盯着那设备，然后，十分肯定地说："这声音的位置离我们客服中心不远。"

听了这话，范克立即对"竖耳朵"严肃地说："在这份投诉得出正式处理结果前，请务必保守秘密，不要对任何人透露任何相关信息。"

"我保证。""竖耳朵"干脆地答道。

"此时此刻谁在做你的工作？"范克睁着铜铃般的双眼厉声地问下属。

"是 E6 号客服。"

"让他替你接着做下去。"两位员工听后都有些诧异，站在范克面前一言不发，范克扔过去一张纸，说，"你不是要申请休假吗？"

"竖耳朵"接过纸，是一张空白的休假申请单，他看看范克，立刻在纸上写了起来，写到申请休假天数时，他刚要停，只听范克说道："把今年的年假全部休完。""竖耳朵"继续填写着，直至把所有的空白都填好，签上自己的名字，刚一停笔，范克就将纸拿过来，写上"同意"二字，又签上了自己的名字。

"好了，你可以走了。米基，你先留一下。"

等"竖耳朵"走出办公室后，米基把头伸向范克的脸，低声问："范克，你是不是还有事情要告诉我？"

"是的。"范克毫不犹豫地答道。

"什么?"米基紧逼着,迫切地想要听接下来的话。

"我要告诉你伊佩尼马上要来接班了。"

"哦。"

"可你还没有向我汇报今天客服中心的工作情况。"

"哦,我……我这就开始。哦,不,我刚才已经跟你汇报过了,今天一切正常,百分之百是来电咨询。"

"你确定?"

米基被问得有些摸不着头脑,犹豫了片刻,又继续说道:"是这样的。"

"好吧,那么你今天的工作都完成了,可以准备下班了。"

米基非常失望,刚想接着抱怨,就像刚才离开范克办公室时那样,忽然停住了,只见范克正目不转睛地看着自己,米基连忙说:"多亏了公司完善的休假制度,这令我们员工能够非常愉快地在这里工作,真是感谢你,范克。"

"不客气,这是我应该做的。"

"那好吧,不打扰了,我准备下班。明天见!"

"明天见!"

米基回到办公室,凹凸不平的脸又蒙上一层阴云,像是阴天时偏又遇见前方一片坑坑洼洼难以通过的路,又像是一片本就崎岖不平的山路偏又逢阴云。他仍然坐立不安,嘴里不停念叨着:"就在附近!就在附近!躲着干什么?出来!快出来!一定让你出来!"他随手拿起手机,拨通了一个电话。

"喂!"对方传来了一个女子的声音。

"你好!"米基顿时变得职业起来,声音亲切却又保持着距离。

"请问需要什么帮助？"对方问道。

米基想了想，停顿了几秒钟，试着说："你的老板在吗？"

"他出差了。"

"会很久吗？"

"我想不会。"

"好吧。我会再联系他的，希望下次不要听到你的声音。哦，不，这是什么话！请原谅我。"

米基尽快结束了通话，心想：还好，自己还有些余地，不过还是要尽快解决！他的脸由紧绷变得稍稍松弛，然后又紧绷起来。不过，脸上的那阵阴云已经散去了许多。

米基收拾好东西后，提着包从办公室出来，正见到伊佩尼从对面走来。

"嗨！米基，要下班了？"

"是的。"

"明天见！"

"明天见！"

伊佩尼和米基，两位客服总监，背对背地朝两方向走去，一个轻松，一个沉重。

傍晚，希娴把煎好的一碗药喂 Po 喝。Po 的嘴几乎张不开了，希娴一只手端着药，一只手搂着 Po 的脖子，用手指将 Po 的嘴唇张开一些，试着想把药一点一点地喂进她的口中，药已经喂不进去太多，喂进一点，流出一点，希娴不厌其烦地接着喂，一点一滴地喂，总算把最后一滴药喂完。药碗空了，Po 的两腮却已布满了黑黄的药汤，不断地顺着嘴角流向脖子。希娴放下碗，抓起一旁的手帕，将粘在 Po 嘴边和身上的药一点点擦去，直至擦干净，又慢慢把 Po 放回床铺，帮她躺平。安顿好后，希娴端走空药碗，走到屋外，舀了些水，将碗冲洗干净，正要回屋，这时，远处传来了族长喊她的声音。

族长提着一个木盒子，走到屋门口。希娴放下药碗，拿出一个空碗，端上一碗水给到族长手里。族长接过水一口喝下去，然后问："Po 怎么样？"希娴领他向屋里走去，族长提着木盒子来到床边，开口喊了一声"Po！"，这宁静又安详的屋子里顿时添了一丝亲切与坚实。

"Po，'月亮来了，夜莺笑了，你说这夜美不美？'Po，这首歌还是你教给我的，你还记得吗？"族长一边唱，一边问，"我来送个东西，这里有个盒子，是当年那男人留给希娴的。我答应过他，替希娴保管。盒子里面的钱我已经用来为希娴交学费了，希娴从小一直在语言学校里学习，也学到了不少种语言呀！"

希娴听后点点头："我的汉语和英语认得最多，讲得也最好。"

"Po，你听听，多好啊！盒子里面的中文名字也是他留下的。"

"我从小就会写'希娴'这两个字。"希娴说着，双眼朝那个木盒子看去，露出些期待。

"除了钱和名字，这个木盒子里还有些东西，今天我亲自交给希娴。"

族长于是把木盒子稳妥地交给希娴，希娴低头看了看它，双手接过，立刻感觉一股沉重压在自己手上。她捧着它，站在床边。Po 的身体依然纹丝不动，可就在族长要起身的一瞬间，Po 的眼角忽然挤出了泪，鼻子微微抽搐了一下。希娴见到后，双眼顿时也泛起了泪光，说："Po，你喜欢听歌，那我今后就为你唱。"

"Po，我改天再来给你唱歌。"族长说完后，站起来给 Po 行了个礼，这是族中一种最盛大的礼。希娴捧着木盒，望着 Po 和族长，刚刚那一丝期待与激动过后，她依然平静地站在那里。

族长行过礼后，走出屋子，希娴便跟在族长身后送他。

"你不要送了，回屋照看 Po。"

"族长，天要黑了，小心有狼。"

"哪里有狼？"族长笑着说，"希娴已经长大了，什么都不要怕。你已经外出上班有一年了，干得好，所以我今天来把东西交给你，该交代的事情就这么多，今后你自己保管好。"

"族长，村子里还有没有陌生人住着？"

"住着的就是那药铺里的男人。"

"还有谁？"

"其他的，都走了。"

"走了？"

"屋外来的走了。"

"谁？"

"留给你木盒子的那个男人。"

"啊！"

"屋里的你阿舅、你阿母都走了……"

听了族长的一番话后，希娴知道族长今天并没有发现那个陌生人，看来那个人已经离开了村子。她目送着族长走远后，心甘情愿地回了屋。坐在镜台前打开盒子，原来里面还有一层铁盒子，木盒套铁盒，怪不得那么沉。她拿出铁盒里的几片纸，见上面画满了乐谱符号。她看着那些符号，不禁哼唱起来。

第二章

那股人群　那个男人

又过了一日，早晨，那个男人出现在那股攒动的人群里，他暂时不看这里的叶子与泥土，也未曾听到那个关于"家的感觉"的声音。今日他要去见约好的法律顾问，八点一过便离开睡了一夜的工作室，匆匆地朝律师楼走去。一路的感觉并不好，空气凝固，人潮汹涌，好不容易走到律师楼，抬头望一望，深灰色的大楼，将本就凝固的空气堵上一截，他已经无法顺畅呼吸，于是拿出手机拨通了律师的电话："你好！我是天方。我已经来到楼下。"

"直接上来好了，我在906室等你。"对方回答道。

"我在对面的街心公园等你。"天方突然说。

对方沉默着。

"我想我已经无法上到第九层楼，更无法对你继续说出我要咨询的事情，都怪这空气令我呼吸困难，都怪这人潮令我步履维艰。"

"好吧。一会儿见。"

对方妥协了。

律师楼对面的街心公园有几个小孩子在玩耍，每个孩子身旁都跟着一位女人，女人们和孩子们将空气稀释得清新又轻盈，也单纯了许多。天方走进去，瞬间，全身舒适起来，不用用力抬头，只是一抬眼就望到了他们，他继续望着那些女人和孩子，逐渐地陷入了幻想，他想象着，想念着……

　　坐在长椅上太过出神，他的身子突然歪倒了，手机一下子从口袋里滑出来，掉到地上。他刚要伸手去捡，身后走来一位男人，他歪着身子，不得不用力抬起头，是律师。

　　"来坐坐啊！"天方一边对他说，一边用手去抓地上的手机，上半身尽量保持端正，显得礼貌些。

　　律师看看时间，在他身边坐下来，说："有什么想要咨询的事情，请讲。"

　　趁着脑子里还萦绕着那些"想"，伴着四周单纯的空气，天方讲了起来："大约二十年前，我曾经和一个女人生下一个孩子，然后我走了，临走时我留下一笔钱，是给孩子用来接受教育的钱，而后这么多年来，我与她们母女从未曾相见，我这能否算是抚养了孩子？我们父女还能否相认？我还能否成为她的父亲？"

　　律师听了天方的一番话后，觉得离自己心里的猜测越来越接近。他之前分析过天方这位客户的职业与状态，幻，是萦绕在他身上的一股泉水、一阵空气。他有幻听，有梦幻，对于他说出的话，自己作为律师一直判断着程度，多近？多远？多久？多深？自从接触到天方，他觉得自己越来越不像个律师，又越来越像个阅人无数的律师。

　　公园里欢快与平和的笑声成为空气的主流，偶尔来的一位律师在讲话，被淹没在主流空气中。有没有人听到他说了什么？主动约见他的天方此时也被这主流空气笼罩，他虽然也有在听律师讲话，可意识却不禁流动着，他仍然在回想……

　　大约二十年前的一天，天方在军营中晾晒刚刚洗好的衣服，那天是周日，不知怎么回事，天方感觉出了一阵营区中从未出现过的松动，他继续晾着衣服，炎热日复一日地来袭，每天都如同站在赤道上，不习惯也要习惯，天方对上天彻底不寄予任何希望，天气是不会变化的，更不会带来一丝凉爽与舒服。他晾好最后一件衣服后，准备回营房，忽然看见那边两个驾驶员在哨岗外的空地上，围着他们平常开的那辆车，在与一个陌生女孩子交谈。虽然天方感觉今天营区内有些异样，可看到大门口站岗的哨兵还是一贯地挺立在那里，捍卫着这个设立在边境的训练基地。天方跑过去，一直跑到不能再跑的地方停住了，只见那女孩打开车门，上车后试开了一大圈，然后把车子开回来停好，走下来，对两个驾驶员说："两千九，怎么样？"其中一个驾驶员忙说："要不是我们急着卖掉，才不会出这么便宜的价钱，两千九可以。""成交！"女孩高兴地说。女孩说着从挎包里掏出了钱，递给了两人。天方亲眼看完他们的整个交易后，迅速从哨兵眼下跑走了。

　　天方在基地内的感觉此刻蔓延到基地之外，他欲将这感觉在现实中找到印证。

　　午饭过后，来了一次紧急集合，周日里士兵们有的请假外出，有的仍在营区内参加活动，总之，缺斤短两，集合起来的只有十个人，天方自然也在列。他们听着口令，列队向前走。长官的口令又一响，列队立即定住了。紧接着又是一个口令，列队集体左转，面向了长官，啊！眼前不仅有长官，还站着另外四个陌生人。这是天方今天上午第二次见到陌生人。他们的目光锐利，和长官的差不多，再仔细看，更露出一丝凶狠。那目光盖过了他们身上的穿搭，盖过了四周的空旷，甚至盖过了这一成不变的日光。天方感到浑身更加热辣，想必队伍里的其他战友一定也捕捉到了。

一声口令后，整列队伍趴下了。紧接着又是几声口令，队伍便听从口令做了几个摸爬滚打的动作。这几个动作已经足够供那四双锐利的目光辨认了。他们和长官耳语了几句后，长官立刻命令队伍中的四人出列，天方又在其中。这次，他近距离地感受到了那股目光的强烈，背后似乎带着要挟与交易。

"从现在开始，你们四人不许离开基地半步，私下不许有任何活动。"天方还等待着下一个更加凶狠的要求，可长官说到此就停了，只是问："明白了吗？"四人即刻回答了长官。天方的心刚要松一松，只见那四人走到他们的脚下，迅猛地扒掉了四人脚上的鞋。双脚站在滚烫的地面上，被那四双凶狠的目光打量着浑身上下，就这样过了一分钟，目光变为一对一，见个个依然如树般地站立着，凶狠的目光更加肯定了他们的表现。

接下来的日子里，没有了鞋，没有了任务，更没有了自由，整天只有吃饭、坐着、躺着，一定全是在那四道目光的范围内。卖车的那两位驾驶员此刻也躺在床上吗？没被出列的战友们都在干什么？他们还是否在这里？请假外出的战友们呢？他们还回来吗？天方想着。回想在基地服兵役的这段日子，自己多次被出列，全部是由于素质过硬被挑中执行各种任务。这次被出列，他坚信仍是被选中，因为同他一起被出列的其他三位战友都和他一样，是过硬又优异的士兵，怎么会是这般待遇？

"从今天开始，每日只吃一餐。"长官的口令又来了，这对于天方和其他三位战友来讲，并不算残忍，天方仍在等待着下一个更加凶残的口令，他断定那会来。

"啊!"被长官扯出去的天方连滚带爬地一声大叫。

"不要出声。"

天方顿时忍住叫喊。

"听着,逃跑!"

天方仍不出声,看看自己的脚,示意长官我这个样子怎么逃跑。

"按照我说的做。"

"那你给我下口令啊!"天方小声回了一句。

长官双眼紧紧盯住天方。

"下啊!"天方又喊了一声。

长官转身要走。天方马上大笑起来。

"闭嘴!"长官立即转回身来,一把捏住天方的嘴。

长官虽然捏的是嘴,可天方顿时感到连嗓子都被锁住了。鼻子也无法通气。再持续几秒,心脏就快要停止跳动了。见天方的神情已经镇定下来,长官松开了手。可这刚一松,天方的嘴又动了,长官便立刻又捏住了。

"听我说,仓库的地下通道口,有一双新鞋和一套新衣服,最晚也要在天亮前两个小时过去,换上它们,然后就逃。"

见天方的双眼闪出了泪,长官越发生气,"养你个尻蛋。"天方听后,立即用力扒开长官的手,长官终于松开了手,天方忍不住哭出声来,长官这次没有继续捏他的嘴。

"我以为你真要把我卖了。"

长官沉默了。

"我们一起走。"

长官继续沉默着。

"要不然，你带我们四人一起走。"

"他们走不了，我也走不了，只有你能走。"长官压低声音沉痛又焦急地说着。

天方还是忍不住地流泪，又不敢大声哭出来，憋着难受极了，再看看长官的脸，也许是最后几分钟见他，天方越想心里越难受。

后来，他按计划出逃了。之后，还写了日记。

街心公园里的女人和孩子们走了，身旁的律师不在了，天方从回忆中跳了出来，迅速起身，走向回家的路，身心又陷进了凝固的空气里。

天方赶回住处后，将日记翻出来。夹在日记本中间的铅笔是当初口袋里的，无论在基地里、基地外，他都带着，本子是自己后来装订成的。那年逃进的村落里，只有族长的屋中有一页一页空白纸，被天方借来后，用铅笔写满了字。是时候重新读了，他轻轻翻开本子，读了起来。屋子里随即布满天方的深情，还有日记本中飘散出来的阵阵遥远的浓情蜜意。一年太长，只七天。

第一天：消恐

真正远离了基地后，我见到了火光，像是篝火闪烁出的，映红了夜空。终于嗅到了烟火人家，我望望夜空，辨认了方向与时间，深夜三点，基地以西，从进入地道一直奔跑，按照奔跑速度推算，距离基地大约两万米。

我追着火光一直向前走，族人正在围着篝火举行盛大活动，是为烟火人家里那诞生的新生命。人们的四肢与天地浑然一体，舞动着，歌唱着，美妙的噪音也与生俱来。没有预热动作或是准备活动，这正勾起了我体内的那根神经。我从小在音乐上接受过培养，不过只在教室里，到操场的草坪上最多两次，和老师同学们围坐一团，边谈吉他边唱歌，当时感觉我已经进了音乐天堂。

我完全忘了饥饿与疲惫、慌张与恐惧，试着走近篝火，走近正在歌舞的他们。

第二天：舒情

山一动不动，是想要一直看着他们跳舞，没有红尘的日子，净是空灵的歌声、质朴的舞步，脚抬起又落下，踏到地上那一阵阵声音踏实有力，自然而然地踏出了节奏。

这阵脚步声怎么轻了起来？原来质朴中还存有轻柔，月光好像比刚才更亮了，躲着火光，尽量去照亮姑娘的脸和柔美的身。有力的落地声稍稍停下来，轻柔的舞步又响起，大地像是顿时长出了鲜嫩的青草，让姑娘们轻踏，这声音当然是柔软的，令我听起来有些心动。

篝火依然在跳动着，质朴踏实有力的脚步重新踏了起来，火光伴着月光，姑娘的脸和身越发亮而清晰。我心动，从而生情。

第三天：浓情

这情生出了许久，布满了村落一阵子，四处都笼罩了些我的情。我敬畏火光，我感谢月光，月光让我看清了姑娘，动了情，随后又被那火的力量推动，向前，向她，向我心中的理想和祈盼飞跑去。那力量如箭，我的身心和我那弥漫四处的情收拢集中起来，一齐向着她，那位姑娘。

她对我笑了，她靠我近了，她的脸和身又清晰了许多，我的情浓了起来。

第四天：水乳交融

情越来越浓，我的，她的。月光又来了，她依然如水。水一直清澈，不过，今夜要变得模糊了，水浓了，越来越浓。

第五天：新生心声

我的心底生出了声音，在那初闻的歌声与舞步声之后，它是心声，也是新生，我的命有了新生，我的情有了延续。

第六天：不告

刹那间，我领悟到了美的短暂与距离。为什么会是这样？又注定会是这样。离别，这注定的离别。

第七天：别

要别了，庆幸还未离别，心存侥幸吗？是在祈祷吗？然而，确是要别了。

之后的每天，天方都有记日记，记在另外的日记本上，起给每篇日记的名字都是相同的：别。就这样一直记了大约二十年名字叫"别"的日记。

在这里的米基早晨来上班时，感到楼道里那么静。他路过范克的办公室，见办公室的门紧闭着，难道他还没有来？米基心里想着，往自己的办公室走去。他进门后照例做上班前的准备，十分钟过后，已经到了正式上班时间，米基仍感觉不到范克的到来。这时，只听屋外有脚步声，然后从门口传来一声"早上好！"，米基一看，原来是伊佩尼。他的工装依旧洁白笔挺，发丝油亮有型，满面微笑地走进米基办公室。

"米基，昨天那场球可真是愚蠢……"伊佩尼正要和米基大谈一番昨晚的球赛，被米基打断了："你上午来是要跟我聊球赛？为什么还穿着工作装？"

"范克安排我来上班。"

"可我好像没有被安排休息。他让你上午来上班？怎么不让我休息？"

"范克去开会了，怎么会让你去休息？米基，你真可笑。"

"怎么？他回总部了？"

"是我们亚洲区办公室。我想，很快，也许明天就会回来。"

米基凹凸不平的脸顿时又布上一层阴云。

"好吧，我先不打扰你了，你这个结了婚的男人！哈哈！"伊佩尼笑着离开办公室。

米基更加不安与焦躁，范克在这个时候去那里，他一定会提到那个投诉，虽然那只是亚洲区的总部，可很快公司上下就会知道这件事，董事会恐怕也将知道，到时……米基不愿再想下去。

他拿起手机，又想拨上次那个电话，还是先放下了。他迅速走出办公室，朝客服中心大厅走去。

"米基，你好！"客服中心经理见到米基不声不响地站在自己身旁，略带惊讶地问候道。

"关于 E11 号客服接的那份投诉，目前有什么新情况？"

"自从那次投诉电话过后，到目前为止，一直没有再收到任何相关来电及其他信息。"

"那客人有没有再追问过什么？"

"一直没有。"

"从收到投诉到现在有多久？"米基心里时时刻刻在想着那份投诉，他心里当然比谁都清楚是前天的事，可他还是故意装作记不太清楚的样子，跟客服中心经理确认着。

"从接到投诉电话那天下午算起到今天是第三天。"

"很好。"

经理听后看着米基。

"我是说，前段时间公司不是升级过系统吗？"

"是的。"经理答道。

"会不会自动消除了？"

"你是说那份投诉？"

"都已经两天过去了。"

"我想，嗯……是这样的。"经理的话音刚落，只见米基的双眼立刻注视起自己，于是马上说道，"我是说，是这样的，两天，的确已经是两天过去了。"

"米基，原来你在这里，我刚去过你的办公室，见没有人，我还以为你去了洗手间，我又到洗手间去找你，还是没有人，从洗手间出来后，我就直接来到这里，终于找到了你。"伊佩尼已经来到了米基身边。

"有什么事？"米基问。

"我们回办公室说。"

伊佩尼一手搂住米基，二人走出大厅。

"工会要成立了。"伊佩尼站在米基的办公室里，对他说。

"不是有吗？"米基一边应着，一边打开邮箱，果然有封总部发来的新邮件，他点开后一看，的确是关于客服中心成立新工会的事。

"在我们这里新成立一个。"伊佩尼对米基解释道。

"这地方？"

"目前要选出一位工会法人代表，还要在当地进行注册。"面前伊佩尼口中的话和邮件中的内容相同，米基边听着伊佩尼说，边阅读着公司的邮件，脑子里像被投进来了两块水果，不得不用头脑里那转动的刀片去磨碎。

"当然是范克最合适。"米基想想后说道。

"你认为是他？"

"他是公司副总之一，又分管我们客服中心，还一直工作在这里。"

"有没有其他人？"

"怎么？伊佩尼，难道你想当法人代表？我们每天业务忙得不可开交，哪里有心思再去管其他的事？"

伊佩尼点头表示赞同。

"是啊！我这个结了婚的人，真不像你，还有心思整晚看球赛，还有时间忙工会。"

伊佩尼笑了笑。

"你真是对这地方产生感情了？你要一辈子在这里？"

米基冒出一连串的抱怨，语气和那天在范克办公室里一样。

"好吧，既然你现在心情不好，我们稍后再谈这件事。"伊佩尼说完又一次离开了米基的办公室。

上次那个电话今天没有打出去，刚刚与客服大厅经理的话也没有下文，米基转来转去地又坐回到自己的办公桌前。

一个上午很快过去了，包含在这上午的早晨里面又发生了许多，把整个上午充斥得相当丰富。尽管回到了住处，可天方难以一直沉浸在日记中，他最近总需要不断地接听电话、接收信件。日记本合上了，因为助理来了电话，铃声不停地响，他无奈地接通。

"上次那家药商请你为中药做宣传的事……"

"这跟音乐无关，我只搞创作。"

"他们非常看好你。"

"我只认得八十八个键。"

"你有中国血统，又是知名音乐人。"

"中药和键盘是不是离得有些远？"

"很远吗？由不得我们。"

"商业和音乐是不是离得太近？"

"你考虑一下嘛。"

"我很烦啊！"

"要答复他们的。"

"我已经答复过了。我只认得八十八个键。"天方不等对方说完，中断了通话。

天方酷爱音乐，他甘愿一生不顾一切地创作，释放情感，慰藉心灵。然而，他不顾的那一切，一切一切，正在悄然发生着，在这个上午，又不止是在这个上午。

族里的那间中药铺被正午的太阳照着，虽然孤注一掷地立在村子里，可却环绕着光芒。为希娴开药的男子从屋里空着手走出来，用了十分钟，走到一个道口，站在那里等。以往的中药材都是通过这道口送进来，数量不算大，每次当他接过后，又会交给送药人一些山货带走。而今日是空手而等，今天的等，并没有和谁约好时间，而是心里面想着再等等，也许会有希望，也许会出乎意料，再等等……

心手相映，他的心一阵动时，手心便也出了汗，心凉下来了，手便也冰冷，哪怕太阳都照不暖。

他最终空手而走，离开了道口。明天不会再来了，他确定。日后也不再来了，他决定。

然而，一直为这中药铺供药材的中药商可不同于药铺里那失望的男人，他感觉自己的脚下此时生出了新的希望。他驾车驶入那股攒动的人群，也是天方今早去见律师时走入的那股人群。车子开到一幢大楼前的停车场里，大楼就在那个街心公园的另一侧，与律师楼相对。中药商从车里下来后便锁好了车门，匆匆地走进大楼。

"感谢您准时来到我司。您准备好了吗？"

"准备好了。"

"好的，我们将正式签署合同。"

中药商捧着崭新又字迹工整的合同纸，读过上面的项项条款后在纸上签好字，对方接过合同，说道："欢迎您正式加入莱万医药公司。"然后和他握了握手。

"第一批货已发出，空运，预计今晚八点到港。"中药商肯定地告诉对方。

"好的，我们会跟踪货物抵港入关情况。"

"一切顺利！"

"希望您今后在莱万工作愉快！"

第一次，中药材乘着飞机入境，今晚八点就要落地，然后将会入关，正式步入仓库、市面上的药房。刚刚和莱万医药签约过的中药商心情激动并充满期待，他庆幸自己仍能够进行中药材的交易活动，中药材终于有了新的路径，不久的将来似乎会更宽更广，中药商憧憬着。

族中男子原路走回，快到药铺门口时又遇到了希娴。

"你又来了？"

"我要跟你去药铺。"

"你……要干什么？"男人迟疑了一下，试问着希娴。

"要是把剩下的药材都种进山里，今后就会长出满山的药。"希娴说。

"这山不够高。"男人提醒她说。

"山不在高……"

"接着说啊！"

"有药则灵。"

男人听后，无奈地摇摇头。

"药是神仙。"希娴说。

"铺子里倒是还存着些神仙，你敢不敢随便请一位走？"男人问希娴。

二人已经走到药铺门前，希娴扔下手里的野草，跟着男人走进去。她撕下一张空白药方纸，用纸旁蘸有黑墨的毛笔写道："一位神仙 一位药"。

"你还会用毛笔？"

希娴笑起来。

"不过错了！"

希娴顿时停止了笑容，面露不解。

"后面那个是'味'。"

"一位神仙，一味药……一位神仙，一味药……"希娴哼哼着走远了，真像唱着一曲清脆悠扬的歌。

整晚，中药商一直不安，八点了，没有任何消息。哪里有那么准时？哪里有那么快速？不过是架飞机而已，又不是定时炸弹，不过是一群人在各自岗位上工作而已，又不是战斗机在战斗，他不停地安慰着自己，又不时地想着医药公司，他们是否也同自己的心情一样，呵，怎么会？不过是他们经营历程中一笔再普通不过的业务。他转而想到自己，从自己的父辈开始就在做这种交易，父亲不在了，叔父也不在了，自己还在继续做着，这应该也算是漫长、险恶又心酸的交易历程中一笔普通的交易，一件普通的事。今晚为什么自己的心如此起伏不安？

手机响了，难道已经顺利清关？难道……不要再想了，他坚定地拿起手机，接通了电话："喂！"

"货没办法清关，被堵在外面。"

他听了对方这话，心都要跳了出来，可仍然冷静地问道："为什么？"

"货被列为毒品，属于违禁入境。"

"你说什么？"

"不是我说，是海关说。"

"他们怎么可以随便说？"

"没有，中药材已经被列入清单里了。"

"什么时候的事？"

"我也是刚刚打听这批货时才知道的。"

"你肯定？"

"这消息马上会在官网中出现的。"

怎么回事？新法律不是已经敲定就等着公开颁布了，否则莱万医药也不会那么有把握地和自己合作，涉及中药材业务，自己也很相信莱万的实力才走这一步。他揣着那颗剧烈跳动的心，紧接着拨通了另外一个电话。

"货出关了吗？"中药商开门见山地问。

对方没有说话。

"难道有问题？"

"货还在当地。"对方说道。

"怎么回事？"

"货被负责运输的航空公司列为违禁品，属于非法托运。"

"你说什么？"

"这是佳宾航空公司说的。"

"他们怎么可以随便说？"

"没有，中药材已经被列入清单里了。"

"什么时候的事？"

"我刚知道这个。"

"肯定？"

"新制定的规则很快就会在佳宾航空公司官网公布。"

中药商挂断了电话，把手机扔到一边，两人的说法不一致，货到底在哪里？不管是没出关，还是没入关，这两片领域自己真的都无能为力，因为路径变了。昏暗的灯下，他布满血丝的双眼显得通红。他揉了揉眼睛后，继续努力地分析起情形：

医药公司和航空公司，他们是两个商家，只有双赢或双输，如果消息真实可靠，暂时一定可靠，这点中药商有绝对的把握。那么目前看来，他们都暂时输了。可这样没有道理！

这边的海关，不接货，这是为什么？官衙里的事，中药商不敢弄得太清楚，所以他目前想不通。

自己呢？自己在这里没有办公地，没有任何注册，自己称得上中药商吗？算个什么！

中药商又努力梳理着自己，好像只剩下对中药材的分辨与鉴定这份能力归于自己，能够牢牢把握，剩下便是账户中多年积累下的那些沾着血泪的存款。

第三章

那里——鸡飞蛋打

米基又多次拨打过那个电话，一直未能成功接到他想要找到的人，有时甚至根本无人接听。客服中心一切运转正常，范克和伊佩尼也没有什么动静，三人每日仍在继续着本职工作。而那份投诉一直无人再提及。可是，米基的那份不安并未减弱，反而一天比一天强烈。他意识到公司这会儿正发生着什么，以及可能带来的后果。一早就坐在办公室里的他心里不是滋味，这时，邮箱里来了一封新邮件，内容大致为：橙山地区佳宾航空工会正式成立，法人代表由公司客服中心总监伊佩尼担任，范克和米基将协助伊佩尼打理工会的日常事务。

迹象越来越多，米基却越来越忐忑。他回顾着前几天的范克在接到那份投诉的第三天就去了亚洲区办公室开会，然后，没过多长时间，就来了要决定成立新工会的邮件。今天，新工会就成立了。这是不是也跟那份投诉有关？公司在此时成立新工会是出于什么目的？

他不能再等了，决定今天下班后，直接去找那人，既然对方不接通电话，那么就直接去找他，不管怎样，一定要见到他。每日满满的工作占据着每分每秒，想要抽身，真是难。看来要请假了，可是又该怎么对范克说？志忑中，他开始盘算起来。直到下午伊佩尼来上班，他按照以往的流程，跟范克汇报工作情况，然后和伊佩尼交接，全都做好后便急匆匆地收拾好办公桌，拿起包，快步走出客服中心的办公楼。刚一出门，手机便响起，他突然激动起来，感到天空也变亮了，急忙接通电话，举起手机放到耳边，脚下的步子还在向前移动，却轻快了许多。

"你好！先生，是你吗？"

"是的，是我，你好吗？"

"好，非常好。能够听到先生的声音，我真是太兴奋了！"

"哈哈！猜我现在在哪里？"

"亲爱的先生，您在哪里？不会就在……"

"我就在你这里。"

"真的吗？"

"是的。怎么样？什么时候有空？"

"我已经下班了，马上就去找您，可以吗？"

"当然可以，听好，按照我说的地方……"

米基仔细地听着对方说的每个词，牢牢记住，然后，挂断电话，收起手机，向前快步走着，几乎跑了起来。

一路上，他猜测着，他前一阵子一直没有接自己打给他的电话，不让自己找到他，可今天又突然来到这里，还主动联系自己，难道他会是特意来见自己？不会。难道他来这里还有其他事情？米基想不出，继续向前走着。二十分钟后，米基终于找到先生所说的地方，他见到对方后，便主动说了起来。

"先生，您当初答应过我的，如果收购成功，就会分给我百分之一。"

"可现在不是那样了。"

"先生，这是为什么？"

"佳宾航空被消费者协会列为服务质量较差的航空公司之一。消协的列表里有一条劣质差评。你知道是由于什么吗？"

"什么？"

"一份投诉。"

"一份投诉？"

"是的。据说有位客人在本月电话投诉了佳宾航空公司，却一直未得到满意答复，索性告到了消协。"

"那条差评就是这么来的？"

"是的。佳宾航空目前只有一个客服中心，就是你工作的地方。想必你应该清楚这件事情的来龙去脉。"

"先生，我是第一次听说'消协差评'这件事。"

"真的吗？"

"真的。我们佳宾航空一直奉行客户第一的理念，平日里虽然难免会接到抱怨，可我们总会在第一时间解决，最终让客人满意，从来没有发生过被告到消协这种事情。"

"米基，不要再解释了，莱万医药是不会购买一个带着差评的航空公司内的任何航线业务，至少目前不会，所以也就没有理由谈其他的，也包括关于你的那些。"

"哦，不，先生，佳宾航空真的是一家非常优秀的公司。我们……"

"我们先前谈的那些条件里有一项是零投诉。"

"先生，我们佳宾航空感兴趣的是与客人做正常、亲切又友好的沟通，而非那些类似恶作剧的来电。"

"我想佳宾航空公司更感兴趣的是他们内部的那么多数据怎么会让我们知道得一清二楚。"

米基听了这话后，恨恨地哼了一声，一副要以牙还牙的样子。

"不过，通常这种情况下，遇到麻烦的公司会第一时间不惜余力地去消除麻烦，我倒是听说了一个事情，佳宾航空公司正在筹备一个新工会，目的是接近当地的工会组织，去和当地的消协搞搞关系。"

米基突然想起了今天上午来的那封邮件，还有那天伊佩尼的笑脸。

"哈哈！你的表情告诉我这件事显然已经在做了，你又一次地透露出了新的信息。"

米基一路来时的各种激动与兴奋、想象与猜测此刻都仿佛成了流星，瞬间出现，又消失了，留不下任何痕迹，他的言语和呼吸也被瞬间蒸发，毫无保留，像什么都没发生过。与他见面的人在这里并未多留，回去了那里。

那股攒动的人群中每天都会来往各种人，发生各种事，一件接一件。

虽然已经临近下班时间，可佳宾航空公司亚洲区总部的第一会议室大门仍然紧闭，室内围坐着一群人，的确，他们此刻正在尽力消除麻烦。

门外，几位身着职业装的女子在等待着会议结束，然后她们会使用那间会议室开一个小会。这几位都是四十岁上下的公司员工，她们有说有笑地聊个不停，说到高兴处不禁手舞足蹈起来。室内的人正在尽力消除麻烦，室外又来了群女人，难道是要另外制造麻烦？站在她们中间的一位女子虽身着工作装，可还是能看出她那婀娜的身段和似水般的脸庞，把线条明晰的工装衬托得柔顺了几分。她年纪显得很轻，黑色的直发盘在脑后，如果下一秒散开后，就是树林、是河流、是山中的一团火焰，召唤远方来的宾客。她看上去并不像是麻烦，麻烦真来了，她好似能够化解。

室内的会正开得火热。

"当地的消协怎么搞的？这明明就是一个恶作剧，打电话的人是故意找麻烦，消协也不问问客人叫什么名字、为什么投诉，他们一味地相信投诉人的话，居然还给了我们一个差评。"

"我们忽视了消协，仅知道它隶属于工会，其实就是同一群人，兼任着很多工作。"

"没错，这种分工不明、制度落后的地方怎么可以评判出航空公司服务的好坏？尤其是我们佳宾航空。"

"我听过电话录音，那真的不像恶作剧的口气，如果真是恶作剧，很难猜出它背后的意图。"

"总经理，你听过那投诉？感觉怎么样？"

"我亲耳听过。我们客服中心的负责人范克那天来给我听的。自从接到投诉后，大家真的是在想方设法地解决，可是客人看似不想给我们时间，投诉后的转天就继续告到了消协。"

总经理雷尼发言时，室内立刻一片安静，每个人都在屏住呼吸仔细听着。直至他的话音落下将近半分钟后，才又有人发言。

"可是我认为，我们不应该纠结于这个投诉电话，而是要继续关注我们正在面对的项目，莱万这个医药公司，佳宾航空不能够轻易放弃它，即便它之前提出要收购我们的支线业务，即便它现在又不要收购我们的支线业务。而令他们暂时改变主意的原因，就是这个差评，我们目前要考虑的是怎么消除恶劣影响，打消他们的顾虑，继续我们双方之间的合作。"

"我认为先要弄清这个投诉电话，彻头彻尾地搞清楚后才能确定接下来怎么做。"

"我们没有太多的时间，莱万医药公司的那批货仍然没有着落。"

"一批货而已。"

"'已经发生''即将发生''根本不会再发生'，这三种我们应该先选择哪个？"

"投诉和差评。"

"没错，先解决投诉和差评。"

"可费用似乎已经发生或即将重复发生。至少像滞留、赔偿这类费用都会落到我们的头上。不可否认，是我们公司临时公开宣布禁止运送中药材这一消息的。"

"难道解决投诉和差评问题不是为了支付那笔费用？再说，要货的不就是莱万医药。难道他们是搬起石头砸自己的脚？"

"我依然认为要先彻头彻尾地搞清楚后才能确定接下来怎么做。"

各参会人员之间争论了一番后，心里都在下着同一个结论，早知这样，当初公司就不该答应与莱万合作，更不应听之任之地将中草药视为违禁品，禁止托运。这真是鸡飞蛋打！

不知是僵持不下，迫使会议暂时结束，还是已经确定了解决方案，各自要去执行，会议室大门开了，里面的人们纷纷走出会议室。一直等在室外的女士们接着走了进去，气氛与刚才大相径庭，说笑声不断，把刚才还布满紧张气氛的会议室温热松弛了许多，整个屋子似乎也明亮起来。

"今天我们来讨论下个季度的工会活动计划，当然是在预算范围之内。"工会主席首先说起来。

"开会喽！"

"吃东西，请！喝东西，请！但是，请保持会议室内的整洁。"工会主席叮嘱着大家。

那身段婀娜的女子一直不说话，忙着给大家冲咖啡，端上点心和小吃。不一会儿，工会主席就把她给忘了，只顾跟围坐在桌前的来自各部门的工会成员说话讨论。

"听说客服中心那里成立了新工会，负责人是位客服总监，年轻又帅气。"

"伊佩尼！"

"怎么？你们认识？"

"当然。"

"听上去还很熟？"

"可以这么讲。"

"别骗人了！你总是这样。"

"不知道他什么时候能来和我们一起开会？"

"好期待！"

会议内容一半变成了期待伊佩尼，一半才用来讨论活动计划。说说笑笑地就过了下班时间，女子们像一群蝴蝶一样，热热闹闹地走了，各自忙着去赴约。那女子和工会主席摆摆手，示意要留下继续收拾会议室。主席冲她笑笑后，随着女同事们一起走出了会议室。

"对了，梨古！"工会主席又突然回过头来问道，"梨古，我们公司的第一秘书，这次是否能保证顺利从财务拿出经费？"

女子面冲着墙，背对着主席，自信地举起一只手，做了个"好"的手势。

梨古独自一人在会议室，趁着这难得的一阵清静，她心里细细地捋着：麻烦成功地出现了，影响了各方利益，而影响最大的便是莱万医药和佳宾航空，他们肯定是要着手解决。目前佳宾航空公司正在进行中，从会议室就能感受到，梨古觉得这会议室里仍然布满争论，甚至有些火药味，即使是工会成员刚开过的会，也间接地和那麻烦关联着。

这个身上充满平和又有韵味的女人，把会议室全部收拾好后，锁好了门。接下来要做的是紧密关注事态进展，于是，她离开会议室，向事态中走去。

"明天一早莱万医药将要来佳宾航空公司开会，这次会议相当重要，请认真准备。"

"好的。"刚刚离开会议室的梨古站在总经理面前回答着。

"谢谢！哦，还有，明天的会议你也一起参加。"

"好的。"

繁忙又琐碎的一天很快过去了，当梨古再一次走进那间会议室时，已是第二天的早晨八点半，里面已经坐满了人，她在总经理身边的一个座位上坐下来，这是她进行会议记录的固定位置。她迫切地想去逐一排查既熟悉她的声音又听过那投诉电话的人，这间会议室中只有总经理才是，整个公司只有总经理才是，公司内外恐怕也只有总经理一人才是。

从昨天总经理给她布置任务时到现在，她一直关注着他脸上的每一次表情，竖耳听着他说的每一句话，目前来看，还没有任何异样。

"欢迎莱万医药公司的到来，出现这种情况我们也很意外，目前正在积极着手解决问题。我们很清楚这是莱万医药公司的第一笔中药材订单，这对于莱万的业务更新转型来说极为重要，我们双方都不希望看到这种糟糕的局面。"

"目前的状况的确糟糕，我们了解到，当地消协并没有撤销投诉的迹象。"

"我们正在为此事四处奔走。"

"安抚客人、赔偿损失，我想这些对于航空公司来说犹如吃便饭一般，是再常见不过的事情。"

"听上去是这样。"

"可你们看上去有些为难的样子。"

"嗯……"

"怎么？难道是连投诉的客人是谁都不清楚？"

听了莱万一方的这番话后，佳宾航空这方顿时沉默了，梨古又一次小心地去看总经理的脸以及佳宾航空公司其他人的表情，然后放心地低下头，把眼睛移回电脑屏幕前。

莱万医药试探出了情况，关于解决那个投诉，佳宾航空的确遇到了麻烦。自从那份投诉出现后，莱万也一直在猜测着这份投诉，它出现的时机有些巧，为什么在此时出现，还闹到了消协？是不是在阻止收购业务的进行，从而影响到接下来的进展？

这次会议过后，佳宾航空公司一方的动作更加紧密了，已经开始渗透到机组，这令所有空乘人员大吃一惊。

"有投诉？什么时间？怎么从没有听说过？"

"是啊！如果有，早就传开了。"

"也不知发生在哪个航班。"

"真的是一无所知。"

"感觉不妙，不会就在咱们的组里。"

"搞得有些人人自危。"

"真是的！也许下一秒上司就找来了。"

"不要吵了，公司并没有公开这些，我们只是听说而已。"

"还听到什么了？"

"我们亚洲区总部将要派业务指导组对各个机组的每位乘务员进行考核。"

"投诉到底是针对哪个机组？单独去考核他们就好了。"

"不，不只是对机组进行考核，而是全体工作人员。"

"天啊！是这样！"

"虽说每年都有投诉发生，我们好像从未遇到过这种情况。"

"记得上一次全员考核还是在六年前。"

"是吗？那时我还没有来工作。"

"我还没有出生。"

"哈哈！"

一阵哄笑掠过这里的橙山机场大厅，已得知要举行考核消息的机组人员，虽然已经结束了飞行降落到地面，还相互说笑，可是他们那颗本来可以稍稍放松的心不得不又紧张起来。

行动的确紧锣密鼓，坐落在那里的佳宾航空亚洲区总部临时抽调办公区工作人员而组成的业务指导组已经行动了起来。虽然办公区里各部门仍在按部就班地工作着，可基层骚动的声音越发起伏，似乎已从地面传到了位于二十层的办公区，总经理雷尼不得不放下手中的工作，去听来自业务指导组的反馈。

"总经理，有一个声音和投诉电话录音中的声音很像。"业务指导组的负责人此刻站在总经理办公桌面前汇报着。

"哦，是吗？"

"我们采取了技术手段，将两个声音对比，人人都说很像。"

"能否判断出什么？"

"我们还不能够断定这两个声音出自同一个人，不过我们确定这个相似的声音是佳宾航空第十九组的一位年轻女乘务员，她刚刚结束了一轮的飞行工作，回到地面。"

"第十九组？橙山机场？"

"是的。"

"离我们的客服中心不远？"

"是的。我们派驻到客服中心那边的业务指导组成员很快组织完成了考核工作，并立即得出了这样一个结论。"

"我们被投诉人投诉到的那个消协所在地？"

"是的。"

"我们建立的新工会就在当地？是的。"这次雷尼自问自答道，"客服中心、消协、新工会都在同一个地方，并且相互离得很近。"

"总经理，你说的这些和业务指导组所分析的一模一样。"

"我们接到投诉的当天下午，她在工作吗？"

"是。从时间记录上看，那天投诉电话打来时，她的航班刚刚落地。"

"那位员工的信息呢？"

"这是从我们的系统中调出的她在入职时填写的个人信息。"工作人员说着，把一份整理好的员工档案递给总经理。

"这远远不够。"雷尼看后说道。

"明白，我们已经开始深入调查关于她的更多信息。"

"一切信息。"总经理再次强调着，他的音调不高，却很重。

"是的，明白。"工作人员高声回答。

梨古也很快耳闻了这个最新消息，她感觉惊讶，难道真有两个声音如此相像的人？本次从公司各部门抽调组成业务指导组的那几位，想想作风就严格，都是全公司上下知名的业务尖子，他们苛刻又挑剔，始终追求无限完美。他们不会轻易就来报告总经理，既然已经来做正式报告，梨古相信，这声音是真的很接近。在指导组那些人的心里，很可能早已得出了结果。梨古此时迫切想要弄清楚拥有这般声音的人，她或许也成了事态中的一部分，要继续认清事态，才能从中挖掘。

考核还在继续进行，那位年轻女乘务员注定被划进了调查范围，她所在的第十九机组也被密切关注起来，同时，还有客服中心，这个并不属于亚洲区管辖的部门，似乎也成了本次考核的重中之重。

"'竖耳朵'还在休年假，他不在这里。"范克亲自与指导组的人解释着。
"请立即将这位同事临时召唤回来。"
"一定要这样吗？"
"本次考核的范围是公司全体员工，每位员工不分职务与工作区域，都有可能被选中进行考核。这一点副总您是知道的。"
"我清楚这是公司总部赋予亚洲办公室的权利。我作为公司的副总之一理应全力配合，可这员工已经连续工作了一年，如果这次不把年假休完，今年应享受的假期就会浪费掉。况且，他的家并不在亚洲。"

"抱歉，副总经理，我们无能为力。"

　　范克能感到这个考核与之前出现的那个投诉有关，但是他猜不出背后的真实目的，难道真的是要大海捞针一般，把全公司的员工一一排查，这样就能够找到那个声音？如果真是内部员工所为，这样干究竟是为了什么？劳资关系吗？根据自己多年的经验，劳资关系产生的矛盾完全不会凭借此类手段来解决。那到底还会有什么原因？范克突然想起很久以前的那次冲突，最初也是发生在客服中心，不过当时并不在这里，在总部。那是由于外部的客人对公司不满，才设计实施出那一幕，相当危险惊人。无论内外，想着都有些巨大，抑或什么都没有。范克无奈，还是主动去联系了正在休假的"竖耳朵"。

　　一天半之后，"竖耳朵"果然按时走进了客服中心的大厅上班，首先便是接受考核。他被叫到一间不算很大的屋子里，迎面只有两位指导组的同事。

　　"请分辨这两个声音！"

　　"竖耳朵"听后沉默着，并未及时回答。

　　"是否出自同一个人？"

　　"这算是考试吗？"

　　"是我们考核中的一部分。"

　　"请问有没有成绩？对我会有什么影响？"

　　"请不要紧张，这只是在全员范围内进行的一次考核。"

　　"我想，这道题不会再出给公司第二个人作答。"

　　"未必是这样。"

　　"那么我是否已经是第二个人要回答？之前有谁回答过？他们怎么样了？"

"请放心，公司不会刻意为难员工。"

"我是否可以选择放弃回答？"

无法将考核进行下去的指导组同事无奈，只得让"竖耳朵"先回岗位继续工作。然后，他们抱着所有资料和设备来到了范克的办公室，把刚才的情况告诉了范克。

"哦，是这样！"范克听后忙应付道，"不过，你们知道吗？在刚一接到投诉的那几天里，我们曾经请这位员工辨认过录音中的声音，他判断那声音离客服中心很近，就在附近。"

"他刚刚为什么不回答我们？"

"这个……我想，可能是因为就这一件事情反复地叫他辨认并说出结果，我们的做法可能引起了他的疑虑或是反感。尤其是，我们刚刚将他从美好的假期中强行召唤回来，他也许正在对我们不满，从而产生抵触情绪。"

"我觉得副总经理说得不错，想想我们可能对员工有些强求了。"其中一位同事说道。

还没有等另一位同事开口，范克便紧接着说："我也这样认为。在公司并没有弄清事实的真相之前，最好还是先收紧一些消息，以免由于过度扩散而产生意外。那两个声音的确很像，目前就是这些。"

范克不但说出了自己就此事的意见，还试图从指导组探出关于投诉的最新消息，可是两位同事并没有多说什么，直接起身，准备走出办公室。就在这时，传来了敲门声，范克随即问道："是谁？""是我，伊佩尼。"范克走到门边，将门轻轻打开一点小缝隙，只见工装笔挺、发丝油亮的伊佩尼透过缝隙向屋内探头，对着里面的三人笑着挤了一下眉眼，示意要进去。范克回头看看那两位同事，然后，将门打开，伊佩尼便走进了屋子。然后，马上回头示意范克把门关好。

"我想要看看那女孩。"伊佩尼开门见山地说。

"伊佩尼，你疯了吗？这是工作时间。"范克听后大声对他说道。

"让我看看，她也是我的同事。"

指导组的同事们一听是伊佩尼，一向严肃的脸庞瞬间微笑了起来，说道："是伊佩尼？我们公司有好多同事都期盼着早日见到你。"

"哦，是真的？可是，我现在只想见她。"

同事重新拿出那位女乘务员的个人简历，伊佩尼仔细看着简历上的照片，的确是她！就是那天在村子里见过的女子。没想到竟然是自己的同事，怪不得她谈吐不错，还会讲英语。

范克一时都感到奇怪，一向不苟言笑的指导组同事，见到伊佩尼后居然脸上泛起了笑容，还主动和他说话，语调听上去又是那么温和。这小子身上到底长了什么？

"你难道认识她？"范克问伊佩尼。

"见过。"

"你的确阅人无数，尤其是姑娘。"范克笑了笑后说道，有些不屑，又无可奈何。

"我的手机里有她的说话声音。"

"哦？"范克表示惊讶。

"我去过她住的地方。"

"什么？"范克睁大那双铜铃般的眼睛，"伊佩尼，我要提醒你，这是在上班，我们正在谈工作。"

"难道不是吗？如果需要我帮助或者要提供相关信息，我愿意尽我所能为公司效力。"伊佩尼一本正经地对三位说道,脸上依然带着微笑。

"非常感谢客服总监对我们工作的支持。谢谢!"指导组同事更加满面笑容地对伊佩尼说,像是看见了一个光明的路口。

考核进行得有些火热,这期间,那位女乘务员本人并没有被公司惊动,接受了例行公事的考核后的一周里,她依然重复着之前的动作,起飞,降落,然后乘巴士回家,照料 Po,挽留 Po,迎接下一轮的飞行。可是,族中在一天夜里下起了大雨。连接族与外界的巴士也停运了,整条道路都被大雨浇灌着,很快就积了很深的水。雨越下越大,没有要停住的意思,想必是要让这深山里的族暂时与外界断了联系。大雨打破了计划,原本要亲自再来村里找希娴,尽所能为佳宾航空公司效力的伊佩尼,不得不暂停了行动。

那里有些阴天,梨古仍然在焦灼的事态中继续行走着。这次她的步子迈得大些,也走得远些。下班后,她上了辆计程车,驶出去,与那股攒动的人群暂时混在一起,车子沿着那个街心公园驶向了大路,她要暂时脱离人群的步伐,乘车远行。经过近一个小时的车程后到了机场,也可称之为世界最繁华的机场之一。

她首先来到了前面的大厅,凭着工作证,一路来到登机口,透过玻璃窗,她看到停机坪的飞机不露端倪地起飞降落。

机场大厅里各处都布满了人,他们在搜索信息,核对信息,看航班时刻表,寻找自己要搭乘的航班,看机场大厅地图,寻找能满足自己需要的那些地方,美食区、饮水区、洗手间,各店铺里售卖的琳琅满目的商品,还有体验区,现场绘画,听音乐,得到一时的精神满足。他们都在履行着人的职能。

梳妆

而梨古是在做着与生存违背的事，而非本职工作。公司里没有人布置这任务给她，不但没有，她一直以来这样做，恐怕最终会面临解雇与惩罚，甚至连生命都会受到威胁。可这女人义无反顾地走进事态，并在事态中不断找突破口从而前进。

趁着天色还亮，她要抓紧时间。于是，她又离开候机厅，向停机坪那里走去，她不确定能走出多远，能走至多近，她一点一点地向前蹭，暂时无人询问阻拦，走着走着，终于不能走了，她便停住了脚步。

"你好！"眼前立即出现一位工作人员。

"你好！这是我的工作证。"梨古说着，把工作证拿给他看，然后说，"我想在这儿等一会儿。"

"您有什么事情吗？"

"我们要接个人，能不能把车子停过来？不会停太久的，一会儿就开走。"

"是的，接机停车位那里的确有些乱，又不能停太久。停到地下又有些远，下飞机的客人要走很远才能到。"

梨古笑笑，又点点头。

"好吧。"

"非常感谢！"

工作人员说完走了。

梨古又向前走进一些，事态在带有阴云的下午，依然不露端倪。

天色就要晚了，难道什么都没有？

天色已经暗了，的确什么都没有。

有些事情到了夜晚才发生。因为看不清楚露出的端倪，所以发生在夜晚，因为不要被看清楚，所以发生在夜晚。梨古被这夜幕阻挡了视线，与事态中露出的端倪断了联系，就像族中的大雨，模糊了族外的世界。梨古也不得不在黑色中暂停了行动，返回去。

第四章

那里——莱万的行动　触摸音乐人

　　阴沉的天空持续了几日，天方每时每刻都陷入这片不曾散去的阴沉中，哪怕是在正午十二点。沉沉之中又生出了一份郁。每每遇到这阴天，天方的心灵会更生动，思绪也活跃起来，不过，这灵动与活跃不同于晴天时，流露出来后别有一番滋味，也许都是"郁"惹来的。他的心灵在一天，就会有想要接近他的人，妄想要触摸他的人，以及自以为是能够对他了如指掌的人。

　　正午时分，天方又迎来了想面对面与他交谈并要触摸他心灵的人，这次不是别人，而是一直负责为他对外联络的助理，这女孩跟了他有好几个年头，今天主动来要跟他谈心。

　　"你前几天跟我提到的那业务不接受。"天方首先对助理说道。

　　"是，不接受。"刚刚从外面走进屋的助理边应答，边在天方的工作室找了个地方坐下。

　　"你是要弄清楚我为什么总是这样而不那样？"天方继续说。

　　"是，要弄清。"

　　"这么久了，我见你就有要袒露心声的意愿。今天也不例外，我仍有这意愿。"

　　见助理默默注视着自己，天方接着说："看你，比方说你，我和你最大的区别是与人的交流方式，尤其是与初次见面的陌生人。如果在一个全都是陌生人的晚宴上，你过去与他们交流之后，会给你带来顺利甚至幸运。而我，如果与那些陌生人去交流后，给我带来最大的是麻烦，甚至不幸。"

"照你这么说，少去见或者根本不见那些人是不是就会幸运？"

"不，问题来了，关键是你。我刚才说了，我见你就有要袒露心声的意愿，在我心里，你是与我亲密的人。或者说，我们很要好。晚宴上，你并没有一直坐在我身旁，而是去跟陌生人交流，这无妨，既能够为你带来顺利，又能够令那些陌生人的注意力聚焦于你而不是我，从而不出麻烦。可是，一旦，一个被我视为要好的人，并没有坐在我身旁，而是去跟那些陌生人交流一阵之后把我介绍给了他们或是把他们介绍给了我，让我们彼此认识交流，就会出现麻烦，而且这麻烦正是你间接引来的。你说，这样的晚宴我怎么能去参加？这样的他们我怎么能去认识？"

"可我的本意并不想为你引来麻烦。"

"我责怪你了吗？我责怪过你吗？这就是我并不愿跟你过多地解释为什么拒绝那些事情。我刚一解释，就引来了你的回应，好像要更正我，好像我误会你。这些在我看来都是毫无趣味、毫无意义、非常无聊的，当然也浪费了你我的时间，这几分钟能做不少在我看来有意义的事。"

"那么你愿不愿意听一听我的解释？"

"我不再会深究这种你我间的相互解释，在你的脑海里这就是交流。而我根本不会视作这是种交流。"

"如果我换个说法，听一听我的……"

"强迫我听的解释？绑架到我头上的解释？逼迫我承受与妥协的解释？"

　　　　　　　　　　　　　　　　　　梳　妆

"我的……"

天方无意再听下去，面露一丝不耐烦，助理从未这样拖延过，从前每当自己露出不要再继续说下去的意思时，她都会恰到好处地收尾后便不再打扰自己。在这不耐烦中，天方愈感心沉，越沉越郁。

还好，助理最终离开了工作室。既然打发了助理的纠缠，既然等不来律师的回应，天方不再深究，不再追问，他继续寻求另一处，于是双脚迈向外面那股攒动的人群，心灵一跃到了那座寺，心还动着，思绪还活跃着，却仍逃不过这持久的阴天。

半个钟头后，身心皆已处在寺中的天方将那天对律师陈述的事实向佛祖一五一十地说了一遍。然而，却听不到声音。

"我首先承认，我不是虔诚的教徒，我只是有惑，想寻求个解。"他继续说，然后，静静地跪在原地，想要聆听，还未听到任何声音，他看了一眼佛祖，心里猜测着是不是佛祖认为自己是来求饶的。

"不，我不是来请求宽恕，好像我犯下了罪。"

难道佛祖认为我腰缠万贯？仍未听到任何声音，之后，天方心里又出现了这样一个疑问。

"我不是捞金的生意人，带着无尽的票子来买个心安。"

几句话后，依然听不到佛祖的回应，天方顿感出了困难，一种未能遇到灵犀的困，一种未能解惑的难。

这些年来，天方一直不是用腿脚行走，而是一股意念。他当年从地道一步步地跑出来，依靠的是奔跑速度，心里面其实并不是有多想。现在，他必须是要在想走的时候，才能够走起来，如果有一丝的不想，他的腿脚就像没有电量的电瓶，动弹不了。此刻，跪在佛祖面前，天方忽然又有了想要走的意念，这源于又一次的失望。

他并没有按原路返回，离开那座寺后，只管走，看似漫无目的。天依然阴着，心依然沉着。突然，天方感到肩膀被狠狠地拍了一下，一直低落的心浮动起来，他猛然回过头，"老旦！"天方脱口大叫了一声。尽管天阴沉，不管天多阴沉，这下子天方的心情可谓节节攀升，由最低点上升至制高点，惊喜中透着意外。

不由分说地被老旦拽到了家里。还在意外中的天方看着老旦的脸，说道："今天，你随便下命令吧，反正我也跑不起来了。"

"提提你当年的勇。"老旦双眼也盯住天方的脸说道。

"提，反正我也不是好汉。"

"你当然不是。"

"老旦，是你让我当了逃兵。"

"不然怎样？让你去给那帮贼卖命？"

"你当年怎么不让我去打死那群人贩？难道我打不死他们？"天方看着老旦的脸，还是那样坚定沉稳，这张脸令天方时常无望。算了，跟他说下去没有用，还不如问问战友的情况。

"那几个呢？"

老旦没有说话。

"那几个呢？"天方大吼起来。他早已断定了战友们的结局，也深知老旦不愿说出口，可此时他偏想让老旦说，偏想亲耳从他的口中听到结果。老旦沉默了几秒钟后，说："我也很想知道。"

"走，我们去找他们。"天方抓起老旦的手就要走。

"你怎么还是这个样子？我越来越觉得当年做出的决定是对的。就凭你这副模样……"

"走！"天方虽然重复地喊着，却感到双腿更加无力，软软地一下子瘫倒在地，大声痛哭起来。

　　　　　　　　　　　　　　　　　梳 妆

二十年了，那么不易的二十个年头，那么多思的二十个年头，伴着阴天，天方不得不失声地哭，心情又从惊喜拐向另一端。屋内虽然只有他一个人的哭声，却显得接连不断，此起彼伏。

　　哭过之后，天方还是非常喜悦的，他要尽情享受这份与老旦重逢的喜悦，与老旦诉说起逃跑之后的点点滴滴，也包括遇见了Mu，有了希娴。

　　"老旦，我记了日记，回头念给你听。"

　　"我不感兴趣。"老旦干脆地说。

　　"我现在特别想找到她们母女。"

　　"然后呢？"老旦问道。

　　"然后……"天方一时回答不出。

　　"你能和她们一直生活下去？"

　　"总之，我很想念她们，很想见她们。"

　　"你喜欢她，于是就爱她，你想见她们，于是就要见，你当年爱过之后怎么样了？你今后某一天见到她们又会怎么样？你想过吗？"

　　"我不是因为不爱她才离开的，我是……迫不得已。"

　　"离开？之后又有接济吗？"

　　"大鸟，那族中有种大鸟，它带我飞走的。"

　　"鸟屎能喂饱你？"

　　"哈哈！"

　　"你说有女儿，你拿什么养，总不会也喂大鸟屎？"

　　"大自然会为我养育的。"

　　老旦看看天方，接着问："外面称的什么'音乐人'啊，'知名音乐人'啊，是你吗？"

　　他好像在向天方求证。

"我现在搞的'知名'音乐都是记忆中那族里的音乐元素，全凭那七天的记忆，如果待得久些，还会有更丰富的素材。人也好，调子也好，虽然都已经很遥远了，可怎么也抹不去。"

天方不想说当初离开 Mu 的原因，就如同老旦不想说出当年那样排兵布阵的原因。一切都是迫不得已。

"那你想想今后会不会还有迫不得已，那份迫不得已是什么？在哪里？"老旦问道。

"这……老旦，你总是搞得人没有心情。"刚刚从悲痛中恢复过来的天方，此刻又被老旦的话弄得心口堵得慌。

老旦不是律师，他比律师更熟悉和爱护天方，可惜，他不是艺术家，有一点他和律师的判断相同，天方所说的情节并不可全信。按照他自己说的，当年在族里只待了七天，他怎么确定有了孩子，还肯定是女儿。也不知道这些事天方还跟其他人讲过没有，如果他这样讲给别人听，别人一定也有疑问。男人要是真有这事，回避还来不及，至少也要证据确凿才承认。他倒好，没有依据地自己先讲，还描绘得栩栩如生，老旦越想越不对劲，在心里面骂了一句："真是有病！"

天方的情绪始终没有平复，百感交集地折腾了一晚，留在老旦家中睡着了。看着熟睡的天方，老旦回忆起初识天方的情景，自己是地道的华人，从小喜欢听戏，一次，天方偶然听到了自己播放的戏，觉得新鲜又好奇，得知那是中国京剧后，同为华裔的天方更加感兴趣，追着问自己有关京剧的一切。特别在看过脸谱后更加开心，开玩笑说自己的脸像老旦，从此就一直称呼自己老旦。

老旦仔细看着天方熟睡的脸，前半个夜里，激动中仍旧带着惑，还有些急，好像是急于求解。随着夜色渐深，他的脸开始平静，心也不堵了，还露出甜甜的笑意。也许真是那族中的母女走进了他的梦里。

天已经亮了，天方还在熟睡，窗外除了那重复的阴天，又继续发生着事情。

"华裔音乐人那边有什么进展？"

"总经理，是这样，从他助理的反馈来看，困难很大。"

"也就是他拒绝我们。"

"是的，他拒绝莱万医药邀请他做中药代言人。"

"他的助理是怎么回事？"

"我们早已经拿下了他的助理，助理也答应我们去说服那音乐人，可是，目前还没有争取下来。"

"他的助理呢？我要亲自见见。"

"助理就在我们公司。"

"很好，我去见见。不！让我想想。"

"您怕什么？见自己公司的员工有什么犹豫？"

见总经理还在犹豫，莱万医药市场部经理接着说道："请您放心，这人目前还是那音乐人的助理，可我们私下已把她争取下来，作为莱万医药的市场宣传专员，马上就会领到入职后的第一笔薪水。"

"哦。"

"到时候，我们会比那音乐人更加主动。"

"请这位新员工进来，我要见见。"

"好的。"

市场部经理出门前，走近窗户，将自动窗帘拉下来，屋内一下子暗了许多。他走出去不到三分钟后，又回来，身后跟着一位女子。

"你好！你这么年轻！"莱万医药公司的总经理看着站在自己面前的员工，向她打招呼。

"我已经工作好几年了。"

"是吗？那真是很好。欢迎你加入我们，相信你能够在这里继续施展你的才能。我们也很乐意为你提供这个工作环境。"

"谢谢！我非常喜欢这个新环境，也一直在努力。"

"很好。"

"不过，我仍然感到抱歉，因为我的音乐人，目前真的很难说动他。"

"这不要紧，我想知道，他是怎么想的？如果哪里做得不够，我们可以改进直至达到他满意为止。"

"不，并不是因为莱万做得不好，如果换成另外一家公司，我想结果会是一样的。他目前好像很抵触代言这件事，或者说，他根本不愿接近商业活动。"

"说得对。哪位艺术家愿意接近商业活动？我想没有，这恰恰就是我们需要挑战的地方。"

"是的，明白，我一定会尽全力说服他。"

女子确定总经理的话已经问完了，便先离开了他的办公室，而市场部经理还要继续和总经理谈工作。

"你说她从我这里离开后会去干什么？"总经理一边问，一边站起来走向窗户，要拉开窗帘。

"她刚才不是说要尽全力说服吗？我想……她会继续寻找音乐人身边的朋友或熟人，总之是能让音乐人信服或者能够牵制他的人，从他们那里开展。"

"你听上去是那么没主意又没有信心。"总经理不满地说。

"对不起，我们第一次做这种项目，之前对艺术市场及艺术人的确没有过深入的了解。"

"你在说什么？"总经理问道，刚想要伸手拉开窗帘的他顿时停住了手。

"总经理，我不想再多说些话来表示我们的决心以及对公司的忠诚，请公司看我们的行动，等待我们带来的结果。"

"说服他，牵制他。"

"好的，明白。"

"主动，更主动些。"

"是。"

被窗帘遮挡着窗户的办公室一直暗着，比外面的天空还要暗，直至市场部经理离开。

从莱万医药总经理办公室出来后，助理马上走出了公司，穿过街心公园，走到了公园那侧的律师楼。她拿出手机，给律师拨了个电话。

"你好！我是天方的助理，请问能不能尽快见到你？"

"天方要见我吗？"

"嗯嗯。"

"刚好我在办公室，不过正在见一位客户。能否改个时间？"

"今天可以吗？"

"恐怕要到下班时间。"

"等你下班后，我们可以一起吃饭。"

"好吧。"

"谢谢！我们晚上见。"

助理讲完电话，直接走进律师楼，乘电梯上去后，找到906室，在门外等了起来。下午五点一过，只见室内走出两个人，是律师正在送一位客人。

"你好！我是天方的助理。"见律师送走客人后，助理连忙上前微笑着打起招呼。

"你好！"律师也笑着和她打招呼。

"你可以下班了吗？我们一起吃晚饭。"

"天方来吗？"

"他临时有事。"

"哦。"

于是二人来到附近的美食广场。

"最近几天经常看到你。"律师对她说。

"这边有一家水饺馆，我蛮爱吃的，经常来吃。"助理只管跟律师介绍着美食。

"是吗？我还没有去过。"

"带你去吃，怎么样？"

"你把天方丢下，和我吃水饺，这样好吗？要是让他知道了怎么办？"

"放心，没问题。"

"真没问题？"

助理摇摇头。

"那好啊！"

两人点好餐后，在一张桌子前坐下来。不一会儿，香喷喷的饺子就端了上来，两人面对面地吃起来。

"你觉得天方这个人怎么样？"助理与律师聊起了天方。

"他？他就是我的一位客户，客户有求，我必应。当然，不要欠我的咨询费就是啦。"律师边吃边说，"你是他的助理，应该比我见他的时间要多，干吗问我？"

"你这样认为？告诉你吧，我每个月只见他三四次，通话也不算多，其他时间，他都是自己一个人。"

"音乐人嘛，要创作的。"

"我实在是想要多了解他一些，总是这样，我怎么做助理？"

"说得也是。"律师点点头。

"律师哥哥，你觉得他这人到底好不好？"

"我和他不是知心朋友，他只是我的一位客户，抱歉，帮不到你。"

"你讲一讲嘛！"

见助理不停地问，律师于是放下叉子，拿起啤酒边喝边说："我只感觉他这个人身上艺术气质非常浓，和我们这类人特别不同。不瞒你说，我和你刚刚讲的感觉一样，觉得不容易接近他，他有时候讲出的话，我不大懂的。"

"原来你也这样想！我一直以为是自己笨，今天终于解脱了。律师哥哥，你真是帮到我了，干杯！"

"很高兴能够帮助到你。"

二人笑着碰了个杯。

"你知道吗？我原来是不敢和你接触的，因为在我印象里律师都是不会笑的，看起来好让人紧张。可是现在我倒是觉得相比音乐人，你还是蛮容易懂的。"

"我这么快就让你弄懂了？你好厉害！"

"嘿嘿！"

"你还有什么想要搞懂的？"

"有，我能不能接着再问？"

"没问题啊！"

"那我就说了，喂，律师哥哥，你知不知道天方有没有老婆？"

"这个我可不知道，客户的私事，我不会乱打听的。"

"我懂得你是不会轻易透露客户隐私的。"

"我是真的不知道。哦，好像他也有唱情歌。"

"当然要唱啦！不唱情歌怎么活？音乐不就是情歌嘛。"

"流行音乐嘛，就是这样。"

"是啊！他自己工作室要付租金，购买的那些原装设备又那么贵，有时还要租用外面的录音棚，每年算下来够我去美国从小学读到大学。"

"嗯嗯，不过市场好的话还是能够赚钱的。"

"不错啊！可他竟然嫌商业跟艺术离得太近。拜托，老兄，要是离得远怎么赚钱？"

"你想要了解他，可以从他写的歌词开始。"

"听得我迷迷糊糊。"

"喂，你这话要是让你老板听到了，嘿，你可要小心啊！"

助理听到"老板"这个词，心里一惊，随后赶紧做了个鬼脸，接着说："是不是常听到什么'说不出口'啊，'心事难平'啊，他都唱了那么多年的歌，有什么说不出口的，既然能唱得出口，难道就说不出口吗？说不出口就不要唱出来嘛！"

"看来真有心事？"

"心事是什么？倒是说呀？总是说不出口又心事难平，唉！"

"他不少歌曲都是情歌哟！"

"也不知道是唱给哪个女人听的？那女人长什么样子，倒是唱一唱啊！"

"谁能听懂就是唱给谁的。"

"对呀！律师哥哥，我怎么没有想到。你真是帮到我了！"

"我又帮到你了？"

助理突然站起来，举起挂在胸前的一枚"扣子"，播放出一首天方唱的歌，当然也是由他自己创作的，然后冲着旁边桌的两位年轻女孩走过去，举着手机让人家听歌，还问道："请问两位听得懂吗？"

"你是谁呀？我们不认识你。"

"你们听得懂这歌吗？"助理笑着继续问。

"还好。"

"你们觉得这歌是唱给你们听的吗？"

两人一齐点点头。助理听后张大嘴，做出个惊讶的表情，说："真的吗？你们是做什么的？"

"我们刚刚被我妈放出来，之前两天一直在练。"

"练什么？"

"练习做面，家里的面馆下个月要开业了。"

"这歌怎么会是唱给你们听的？小孩子，懂什么！好好回家学煮面啦！"

助理又换了一桌。

"请问听得懂这首歌吗？"

"是你啊！我当然听得懂啊！"

"你认得我？"助理听后又是一阵惊讶。

"是啊！"

"我怎么不认得你？"

"我是网络博主蜜蜜，我亲爱的迷妹妹、妹妹迷，你看你追到这里来了，我们很有缘啊！"

"不是这款。"助理听后自言自语道。

"欢迎关注我的博客——蜜蜜哒2000，记得与我互动哟！"

律师早已坐在一旁笑个不停，助理也不再继续做"采访"了，关闭"扣子"后，走回来，又在律师前坐下来。

"我吃饱了。"律师笑着对她说。

"律师哥哥，和你吃饭很开心，今后我们可以经常一起吃喔！"

律师仰头喝着剩下的最后一点啤酒，再低头时，只见助理双手举着一个红色信封，笑眯眯地看着他，又将信封向他胸前推一些，说道："律师哥哥，生日快乐，请收下。"不知是助理这举动来得太突然，还是自己太过犹豫，律师一动不动地坐在桌前。

"你不是快要过生日了吗？提前准备了贺卡送给你。"

律师见助理的双手依然紧握住信封，他意识到这东西绝非只是一个礼物。于是便把它接过来，说了声："谢谢！"

二人走出美食广场，律师首先开口说："我送你回家。"

"不用了，我坐巴士回去，前面就是巴士站。"

律师又跟着她走去巴士车站，陪她等巴士。

"律师哥哥，和你吃饭很开心，今后我们可以经常一起吃喔！"助理趁等车的工夫，重复了一遍刚才的话。

"什么时间？午餐还是晚餐？"

"随便你啊！"

"你离我这么近吗？难道明天中午还一起吃？"

"来巴士了，我先走啦，拜拜！"

律师等巴士开远了，急忙走回律师楼的停车场，上了自己的车后便把刚才从助理手中接过的那个红色信封拆开，里面果真是张生日贺卡，但他又发现，贺卡里还夹着一个对折的信封，这信封却是深黑色，如同车窗外的夜。它提醒了时间，手机屏上显示已经九点钟了，不知不觉和助理待了好几个小时。要是放在白天，这几个小时能换来几笔可观的服务费，不是远远超过一顿水饺晚餐和一封信吗？他将黑信封打开，只见上面已经写好了收信人的姓名和地址。这是谁的信息？他想了想，又将信封对折好，刚要夹回贺卡里，又发现贺卡上面还有一行字：不必介意说出口 不必担心被出卖 希望我能成为你最值得信赖的朋友 等待你的回信。

又一个等待自己回应的人，回应关于一个人，关于一个人的回应。律师回味了一下刚才的水饺，突然感觉胃部不适，也许是水饺在胃里面正在尽力被消化，却又难以被消化，难道自己是吃不消？他透过车窗望望自己办公的大楼，把信扔到一边，系好安全带，启动了车子。

信还在车内，天方还在熟睡，他祭拜过的佛祖虽然未曾给他任何回应，可当他的助理来到时，寺里的住持却接待了她。

"天方经常来寺里吗？"

"每月都有见他来。"

"看来他很虔诚。"

住持点点头。

"他来这里除了祭拜，还做些什么？"

"施舍。"

"他也像他们一样？"助理指着那边正往捐款箱里捐钱的人们问道。

住持点点头。

"施主天方德行厚，乐行善，他的名号早已铭刻在寺中功德簿上。"

"他每次只是自己来吗？有没有其他人？"

住持摇摇头。

"他因何而来？"

"因是私，因必隐，老僧爱莫能助，恳请施主原谅。"

第五章

这里——莱万的行动　初入族群

大雨无拘无束地下了将近一周后，收敛住了。天终于放晴，希娴结束了雨后的第一次飞行，又一次下班了。还是那条路，那辆车，那个时间到家，也又一次地见到了 Po，Po 更加虚弱了，她赶紧去挑水，准备晚饭。在挑水的路上，希娴碰到了阿七。

"明天是祭祀日，我们一起去吧。"希娴对阿七说。

阿七并没有痛快地答应，有些吞吐。

"我自从工作后，再也没有参加过祭祀活动，今后终于有空了，明天我一定要去参加。"希娴似乎在恳求着阿七。

"好几次祭祀我们也都没有去。"

"为什么不去？小阿七和小小七都还那么小，你怎么不去为他们拜神灵？"

"他们一直好的，这几年都没有害。"

"那就拜神灵保佑村子风调雨顺。"希娴继续求着阿七。

"拜了又怎样？我阿叔还是没有醒过来。要是村里当年就有药铺，阿叔一定会到现在还陪着我们。"

"水永哥也这样想？"

"他从外面带回来了药，儿们喝完一直好好的。现在我连药铺都很少去。"

阿七说着突然警觉起来，连忙对希娴说："我回屋了。"

阿七刚走，只见族长带着几个人沿着村中的一座座木屋向这边走来，边走边唱："明日祭拜，明日祭拜，全族人一起来。"

第二天一早，希娴早早起来，一番洗漱后，从屋角的木箱里取出 Po 亲手为她缝制的裙子，换上后，又戴上了首饰，那也是 Po 在村中的山上、水边、田地里捡来的东西，并亲手打磨而成，配上希娴那水润的肌肤和纯粹的脸，一副浑然天成。

果然，祭祀的人不多，只站成一排。希娴走过去，站在那排人之后，顶着日头，在神灵正前方开始虔诚地祭拜。她的双眼一闭，就全是 Po 的模样：田地里 Po 专心做活时，溪水边 Po 为自己梳头发时，篝火中 Po 微笑时，月光下 Po 哀愁时，老屋中 Po 此时……希娴不禁心中默念起来。不一会儿，歌声响起，是那排人集体吟唱的，默契又自然，希娴也随之唱起来。她仍然是最后一位，身边不再有人与她站成一排，身后也不再有人来过。

烈日当空，愈来愈猛烈地浸透了希娴的每一寸肌肤，粘在眼皮内的眼珠好像都被滚烫的日光烧得沸腾起来。虔诚的歌声未停，虔诚的那排人仍在，祭祀在他们每个人的心里仍然神圣，可整个活动已非盛大，萎缩又落寞了。

希娴在她闭紧双眼中的世界里享受了半个多钟头，她多想一直这样。要不是这烈日晒得令人沸腾，要不是这活动萎缩又落寞，她也许会带着 Po 一起来，一起唱，然后和 Po 一起走，去田里，去溪边、篝火旁起舞，去月光下说话。"Po！Po！"当希娴再次睁开双眼时，她发现只有自己一个人站在烈日下。她的肌肤依然滚烫，可是心却瞬间凉了。冷暖的落差，使她一时难以接受。突然一声"你好！"从身后传来。是哪里的问候声？听起来那样陌生。她一回头，便见一位男子站在她身后，看到她睁开眼睛，满脸的兴奋，好像等待这时刻已经很久了。

"你好！"希娴操着一种对陌生人问候的口气向他问好。

"听说这里只有你会讲英语？"

希娴点点头。

"还听说你会中文？"

希娴又点点头。

"太好了！"男子听后更加兴奋起来。于是，滔滔不绝地讲起来："自我介绍一下，我是莱万医药的市场部经理，我想通过你认识村子里更多的人。你能不能帮我这个忙？"

希娴听到这话，扭头就跑了。

"喂！你别走！"男子赶紧追上去，嘴里直喊，"你不要走嘛！"

希娴加快了步伐，跑进了树林里，一会儿就不见踪影。而那男子一身职业装，上身穿着白色衬衣，下身穿着西裤和皮鞋，样子像是刚从有冷气的办公室中走出来。初来乍到的他哪里比得过希娴这个土生土长的年轻姑娘，他只得又回到祭祀的地方，刚才那些又唱又念的人也都不见了踪影，四周静悄悄的，只有阳光越来越猛烈地照耀着。

希娴为了躲避陌生人而跑进了另外一条小路，路过族中的"会议室"，只见里面坐着一大伙人，好像在商议着什么事情。她躲在外面，向里面仔细看去，除了族长和村里的两个阿叔，其他的都是陌生人。自己前些天不是见到过一个陌生人？这段时间怎么总会有陌生人出现在村子里？今天，已经是继伊佩尼之后，希娴在族中第二次见到了陌生人，这不禁使她多想，难道他们是一起的？难道族中要有事了？

希娴一边想，一边走开了，已经出来这么久，她要赶快回去给 Po 喂水喂饭。就在这时，从"会议室"那边传来叫嚷声，希娴猛地回过头，只见两个陌生人被族长打着跑出屋子。正巧，刚才见到的那个市场经理也从远处跑了回来，被族长打出屋的两个人一见他回来了，赶紧保护他，然后三人仓皇往外跑，两位阿叔紧追出去，举起胳膊仍要向他们打去，嘴里大声喊着赶他们走。那三人只得加快步子向远处跑去，直到希娴的视野范围里不见了他们，阿叔们才停住了叫喊。

"总经理，我们三人刚刚从族中回到住处。"回到酒店房间的莱万医药市场部经理打电话向上司汇报着情况。

"怎么样？"

"族长以及族中的两位长辈没有半点要跟我们谈的意思，他们非常抵触外人，坚决反对我们提出的方案，最后愤怒地把我们从村子里赶了出来。"

"你们三人有没有受伤或出现意外？"

"没有，我们目前都很好。非常感谢总经理的关心。"

"不必客气。接下来，密切关注族长的行动以及族中的情况，他们马上就会有动作。"

"好的。"

"并随时向我汇报。"

"是，明白。"

转天早上，族长带着族中那两位大叔来到了村镇联盟办公室。一进门，二话不说，对着工作人员直接唱起来："你说这夜

梳妆

美不美……你说这夜美不美……"

工作人员是一位四十多岁的男子，留着络腮胡，正坐在办公室里悠闲地喝着果茶，见族中有人来，便客气地请两位大叔坐下，还为他们端上些水果，陪着他们认真地听族长唱歌。

一阵唱腔之后，只见族长从衣服中掏出一片木板，上面刻着许多看不懂的笔画，说道："这上面是我们全族人的名，挨家挨户都有，上交办公室，全族人支持新法。"

与此同时，驻在这里的各商业机构也都有了反应。佳宾航空客服中心的范克接到了来自亚洲区总部的总经理来电。

"你好，副总！"

"是雷尼，很高兴听到你的声音！你好吗？"

"还不错，谢谢！"

"有什么可以帮到你？"

"是这样，今天下午橙山地区的工会办公室举行投票活动，我们公司需要派一位代表去参加。"

"关于什么？"

"新法案通过前的投票活动，一会儿我会发封邮件给你，具体情况都在上面。"

"好的。"

"副总工作很忙吧？"

"哦，是很忙，不过没关系，我可以让伊佩尼去参加，你说怎么样？"

"副总这样安排，当然是好极了！我想他也许是最合适的人。"

"工会办公室对参加活动的人员有什么要求？"

"很简单，只需带一支笔去那里就可以。政府要出台新法，我想我们公司没有理由不支持。"

"当然是这样。雷尼，你说得对。如果还有要和我们公司新当选的工会法人代表亲自讲的，我可以帮你转接他的电话。"

"哈哈！副总做事堪称完美。好吧，既然是这样，请帮我转接伊佩尼的电话，谢谢！"

"不客气。雷尼作为亚洲区总负责人对我们的工作一直很配合并提供了许多帮助，就像这次工会在当地顺利成立，都少不了雷尼从中疏通联络。好，我这就为你转接伊佩尼的电话。"

下午，伊佩尼准时来到工会办公室，留着络腮胡的男子作为工会主席面带笑容地说道："大家好！欢迎各公司的工会代表来到工会办公室参加投票。"

室内一片沉默，没有人回应工会主席的话。主席于是开始分发给每位代表卡片。大家接到卡片后开始拿出自带的笔在上面熟练地画起来，最后还盖上自家公司的印章，然后纷纷将卡片投进投票箱中，相互之间也没有做任何交流便各自走了。伊佩尼也按照雷尼在上午的电话中所讲的，拿着笔和佳宾航空新工会印章，全部弄好后，把卡片投进了箱子。

那些人不交流是因为之前已经有过太多的交流，不回应是因为之前已经各自代表公司发表过意见与建议，此时工会主席的心中十分肯定：每家公司都会投赞成票，支持新法。

伊佩尼完成投票任务后，见其他人都走了，屋子里只剩下自己和工会主席，便微笑着上前和主席打招呼。

"你好！我是佳宾航空公司的代表，我叫伊佩尼。"

"嗨，你好！"

"公司在橙山地区成立了新工会，今后我们会经常见面。"

"好啊！随时欢迎！"

"听说橙山地区十分重视儿童及青少年的教育，我们佳宾航空公司旗下的那所语言学校在当地一直备受关注，二十几年来，学校在当地政府的支持下发展得相当好，这真是要感谢你们所做的一切。"

"在教育这件事上，我们会一直支持下去。"

"非常感谢！我工作的佳宾航空客服中心这次专门为所有橙山地区的孩子们准备了一些书籍和文具，无偿献给他们，下周就会送到办公室。"

"这真是件好事，太感谢你们了！"

"另外，我们的雷尼先生托我带给您一份小礼物。"伊佩尼说着，从口袋里掏出一件东西，递给主席。

"雷尼真是客气，我们上午刚通过电话，他一直在向我介绍你。"

"哦，真的吗？"伊佩尼笑得更加开心。

"不愧为工会法人代表，而且代表各方。"主席说着，将礼物收进口袋里。

"我们客服中心在这里已经两年了，可今天才来见主席先生，显得有些迟。"

"没关系，你们做得很好，谢谢你们今天来积极参加活动。今后如果还有活动，希望你们也能来参加。"

"没有问题，我们相当愿意配合当地办公室的工作。"

和工会主席一阵寒暄后，伊佩尼走出了办公室，刚走了几步，便听到有人说话。

"嗨！你们的飞行员是否还在继续喝药酒？他真的上瘾了

吗？"走在伊佩尼身后的一个人冲他问道。

伊佩尼猛然间听到他的话，一阵惊诧，刚刚在办公室弄好的公司形象被这一句话瞬间击落。他定睛看了看那个人，认出他也是来参加投票活动的一员，便硬着头皮说："哦，听上去是不是很糟？"

"当然。这影响太大了！"

"你们公司厂房里的工人还因喝酒误工吗？有没有改观？"伊佩尼反问道。

"能有什么改观？情况反而越来越严重。"

"那影响也显得很大。"

"是啊！不过，我们工厂工人误工的事只在内部传开，不像佳宾航空。"

"你是说我们公司？"

"怎么？难道你不知道吗？'佳宾航空的飞行员因对药酒上瘾而导致误工'这消息是 NYLL 网十分钟前刚发布的。"

"哦，天啊！这……这的确影响太大了！"伊佩尼更加尴尬地说道。

"看样子连你也不知道这消息已经公开了。"

"嗯……"伊佩尼支支吾吾地说。

"你们只是内部有了解，就像我们工厂的事一样？"

"嗯……"伊佩尼不知要点头还是摇头。

"那群媒体都是一样的，不择手段地打探消息，然后搞突然袭击，让我们被动，我们不能太在意。好在，刚刚不是都投过票了，一切顺利的话，新法颁布指日可待。到时候，哎，希望情况会有所好转。"

伊佩尼道声谢后连忙走了。

回到办公室，伊佩尼马上登录了 NYLL 网站，读到了那条消息，的确很负面。他假设自己眼前就是范克，模仿范克平时质问自己时一贯用的语气自问自答起来：

"伊佩尼，你认真些，你说媒体爆料这件事会不会是同行所为？"

"哦，亲爱的范克，我只是个客服中心的总监，我怎么知道同行和我们公司有没有矛盾？董事会成员没准比我更了解其中的情况。"

"那会不会是那些和你在同一间屋子里投票的人所属公司搞的动作？"

"目前来看，屋里还没有同行，而且这些公司或多或少都需要佳宾航空。"

伊佩尼眼前的"范克"听后瞪了瞪铜铃般的眼睛，当然是伊佩尼自己模仿出的。

"范克，你怀疑这件事有同行在搞，那么前一阵那个悬而未决的投诉呢？"伊佩尼说到这里浑身激动，一贯油亮有型的头发也随着一起抖动，他禁不住大声喊出来，"会不会是同行所为？"

说完后，伊佩尼自己都吓了一跳，怎么会把一直以来藏在心里的猜测和盘托出，自己真是疯了！他回到座椅上，让心平稳下来，开始对公司面临的情况认真分析起来：竞争对手吗？相对于这里来讲，佳宾航空的办公室在那里，可是不管这里还是那里，药酒已经大范围盛行并渗透影响到各行各业的人，各类人因为酗酒影响工作的事也时有听说，难道只有佳宾航空的飞行员对药酒上瘾？问题彼此都有，而且心照不宣，怎么会当个猛料爆出？至于 NYLL，这种实力的媒体不缺小钱，如果是他们自己的记者无缘无故拿这点小事报道，能为 NYLL 获利多少？搞不好还会惹大麻烦，不值得。

伊佩尼又想了想自己的工作，目前自己的服务对象是客户，相对于全世界来说，每年乘坐航班的客人有那么多人次，新老客户共有那么多人，除此之外，还增加了工会负责人一项职责，每天要面对公司里的同事们，今后还要面对当地的工会办公室，所有这些全都加在一起，依然感到自己很狭小，自己虽然能预感出这事与公司最近发生过的所有事都有联系，却想不通，更看不清真相，也许是因为那天没有向村子更深处走进？也许是因为还没有向公司的更上层爬去？还是因为没有存在于那股攒动的人群中？四周人烟稀少，一向轻松洒脱的伊佩尼此刻在这不深不高又不喧嚣的位置，感到尴尬又窒息。

莱万医药的市场部经理还在这里出差，下午，他回到酒店，又一次给总经理拨通电话。

"总经理，今天关于新法的投票活动在这里都已经进行完毕，可以肯定的是族人全部支持新法。关于佳宾航空，他们是否一定支持新法，我们还没掌握确切的消息。"

"这个我们很有把握，他们会支持的。"

"是啊！听说还有条负面消息出现在了 NYLL 网站上，真是恰到好处！这也会成为一个恰当理由让他们去支持新法。"

"但愿不论这里还是那里乃至整个国家都支持新法，这样新法案就会被通过从而正式生成。"

"总经理，作为莱万医药的一名员工，我对公司的实力及魄力相当仰慕，并为自己能够服务于这样一家公司而感到骄傲。"

"一起祝福吧。"

梳妆

下午五点钟，市场部经理走出房间向餐厅走去，时间还早，餐厅里的客人还不算多，他盛好了饭菜后，端着盘子走到报刊架旁的一张桌子前坐下，又紧张了一天，另外两个手下还没有回酒店，他暂时松了口气，微微耸动了一下肩膀，拿过来一份最新的晚报准备边吃边浏览。这时，报纸第一页最上方一个醒目的标题映入他的眼帘，他立即关注起来，聚精会神地读着那则新闻："经国家研究院医药研究所最新权威鉴定：药酒是一种毒药，毒害所有的生物……药酒同时是一种让人上瘾的毒品，如普及市场，会影响民众健康……"

市场部经理看看时间，离下午的工会投票活动结束还不到五个小时，晚报居然就刊登出了重磅消息，读起来是那样权威。莱万医药的张力真大，大得让他感到头上有股强压正向他袭来，这也许只是开始。

手机响起，他接通了："喂！"

"经理，我们已经回到酒店。"手下对他讲道。

"好，今天辛苦了，你们做得很好。"

"谢谢经理！还有，佳宾航空有个负面消息，上了 NYLL 网站。"

"还没吃晚饭吧？"

"没有。"

"赶快来餐厅，我在靠近报刊架的座位。"

不一会儿，两个手下快步来到了餐厅，端着盛好的饭菜来到经理面前。

"快坐！"经理说道。

"谢谢经理！"

"新来的晚报，要不要看看？"经理说着，伸手从架子上又拿起一份晚报，放到他们面前，这时，他的手机响了，于是说，"你们慢慢吃，我回去接个电话。"

"经理慢走。"

"哦，明早我们还在这桌吃早餐，这里真好，临窗，能赏风景，又能读到最新的新闻。"

已迎来新千年的这里，早间新闻从不会被叫卖的报童喊满大街小巷，它们伴着稍稍褪去夜色的黎明无声又迅速地被送到坐落在街头巷尾的邮局、报亭和便利店。

重大新闻：中药被明文禁止了，从今日零时起，禁止中草药入境，禁止任何商家和个人出售中成药及相关制成品。药酒也被明确在禁止的范围内，禁止在本国生产及售卖药酒，违者必究。

早报终于到了酒店餐厅的报刊架上，莱万医药的市场部经理手拿着报纸，默不作声地读着。截止到目前，莱万医药的一切行动顺利地按计划进行着，美中不足的是佳宾航空的那条神秘投诉，如果没有那个意外，此番行动堪称完美。

既然天空有瑕疵，行动就转向海面。本国海关之前已先行一步，早报来到后则变得更加高调，不过，海关越高调，商家越活跃。禁令与行动对策并存。

中药商刚刚从这里的一家便利店走出来，手机便响起，他立刻接听："喂！"

"你好！我是莱万医药。"

"哦，是总经理，早上好！"他确认是总经理的声音后，连忙问候起来。

"真能听出是我！"

"总经理，我一直想去拜访您，可您前一阵子很忙，在公司没能见到您。"

"应该我拜访你，喂，今天怎么样？"

"总经理，是真的吗？今天我能够见到您？"

"你在哪里？"

"我在……"

"离佳宾航空酒店远不远？"

"嗯……不远的。"

"我们市场部经理刚好在酒店，我让他下楼去找你，就当替我拜见你喽！"

"哦，总经理，我今天没在公司那里，因为这几天……"中药商正要向总经理解释，不过被对方打断了："不要紧，你几点有空？"

"随时都可以的，哦，不，总经理，我想还是我去找他，我这就打电话给他。"

"就这样，先挂了。"

中药商庆幸自己手机里保存着公司几位人士的手机号码，今天终于派上了用场，刚才要不是手机来电显示，自己非闹出洋相不可。总经理亲自找自己，要怎样？一定跟那批货有关。他迅速赶往附近的佳宾航空酒店，刚到门口，只见一位身着白色衬衣打着领带的人，中药商认出他就是莱万医药的市场部经理，于是快步走上前，微笑着说道："您好！"

"走吧，上楼坐。"经理也笑着对他说。

"好。"

跟随经理走进他住的房间，然后，经理客气地请他坐，他道了声谢，便坐在窗前的沙发上。经理端来一杯水，递给他，在他身旁坐下，开门见山地对他说："我们的那批货还没有着落？不能再拖延了。"

沙发前的扶手上放着的正是今日的早报，经理见中药商瞟了一眼报纸，接着对他说："的确，目前货物正常清关变得困难，今后恐怕一直会这样。"

"经理，听说公司长期以来一直与那家航空公司合作，他们提供的服务令公司很满意。"

"满意什么？我们的货已经压了这么多天。"经理身子稍稍靠近了中药商，低调地说，"咱们第一次合作就出现这种状况，真是糟糕！"

"是啊，经理，咱们前期摸清楚了情况，以为政府会出台积极的法律政策，所以才有信心合作，万万没有想到，新法一下子来了个大逆转。"

"哎！"经理叹了口气，直摇头。

见经理没有多说什么，中药商也压低了声调对经理说："公司还会选择与他们合作吗？如果……"

"如果什么？"

"我是说，如果公司可以考虑更换物流运输这一块，我可以提供些其他的服务，会更加方便快捷。"

"那太好了！"经理的声调一下子高了起来。

"不过，我们只有船，只能走水路。"

"公司当初选择了你，就是被你的能力吸引。"经理的声调越升越高。

"都是家父早年的积攒，希望还能继续派上用场。"

"货物随叫随到，可不可以？"

梳　妆

经理问完后，中药商并没有回答他。

"我们不是签过合同吗？"经理追问着。

"可我不能丢了船，不能丢了兄弟。"

"怎么？这一项还要写进合同里吗？"

"公司可不可以承诺我？"

"我想会的。"

经理的这个回答不仅没有使中药商内心踏实，反而心存疑惑，可他心里清楚不能再向经理多问了。

"供货商，你还是属于我们市场部的员工呢！"

"这个我当然会一直记得。"

"从今天起，你不需要去公司。只有我联系你，公司来的其他电话都不需要接听。"

"那……总经理的电话呢？"

"今后不会再有。"

"明白了。"

"你的家人目前在哪里？"

"她们很好，谢谢经理惦念。"

"孩子多大了？"

"今年四岁。"

"在哪个幼儿园？"

"她一直由她妈妈带。"

"小孩子不要总是离不开妈妈，公司会安排让她上幼儿园。"

"哦，真的不用。"

"公司还有一项福利，员工的配偶如果没有工作，可以来公司做事。莱万目前在招聘清洁工，可以让你妻子来试试。"

"哦，这……"

的确不能再多问了。自己与莱万之间除了供需关系还有雇佣关系，此刻家人又被莱万牵住。又能如何？如果还想继续自己的老本行，出血流泪，就不得不多个东家，不得不为东家服务，除此之外，别无选择。

"一会儿带我去看看你的船，海关和警署还不认得它们。"

"经理，海边风大，要多穿一点。"中药商小心地提醒着。

既然行动转向海面，就要身临其境，行动在海风中、海浪上，任凭风浪吹打。

"这几条船是你的全部？"此时，经理身披一件风衣，站在岸边问道。

"是。"中药商回答。

"你先用着，好好用它们，我相信不久，它们就会为你增添一条更大的船。"

"经理，货量真会有那么大？"

"今天的早报你仔细读过没有？"

中药商微微点点头，注视着经理的脸。

"早报上还有一条相关的例外，法案禁止一切，但用于医学研究的中药材可以除外。"

"这个是有提到，我还有印象。"

"接下来的第一个客户想必就会是国家研究院医药研究所。"

"不就是他们发布的权威鉴定结果？把药酒变成了毒品。"

"他们是做研究，又不是做药酒。"

"要是这样的话，也许对品种的需求会多一些，但货量不会很大。怎么？他们也已经成了莱万的客户？"

经理笑笑，问道："你之前的客户里比较侧重哪些？"

"私人中医诊所，没有多少。"

"这里的中医怎么样?"

"还不错，很多人都会去中医诊所调理。"

"你对他们应该都很熟?"

"还好，附近的几家还算熟悉。"

"还有遥远的? 我说你一定还有不少大客户吧?"经理开玩笑道。

"村子里还有。"

"哪个村子? 深山里有个族群，里面有个中医。"

"是这样。"

中药商那布满血丝的双眼此时经海风一吹，又显得湿漉漉，像噙着泪。他本想走进一家医药公司，让事业有个依托，落个名正言顺，可是这般心愿未能实现，替人打工不说，如今又变成非法行当，心里真不是个滋味。回头吗? 早已回不去，中药材进口已被明文禁止，仅凭一己之力只会无能为力，这样看来，当初选择进入莱万医药还是值得庆幸的，可又是个什么结果? 员工听老板的吩咐，按要求做事，继续做中药材进口业务，但已变成非法行为。这是幸事还是灾难? 他那又红又湿的眼睛还没来得及挤出泪，又被经理的手势牵引着，纵有感慨万千、喜怒哀愁，一切永远埋在他的步履之下，不露头，更不冒进。他立刻走过去听从着吩咐。

"刚才在酒店，你自己不是也说了吗? 与我们莱万医药之前合作的佳宾航空能够提供令我们满意的服务。"经理突然又重新提起了佳宾航空。

"经理，海上风更大，要是遇到台风，船嘛，有船的规矩。"

"人也要懂规矩。"

"这点请您放心。兄弟们都跟我干了很多个年头。"

"莱万医药只认得你这名员工。莱万也有莱万的规矩。"

"我懂得。"

"对了，你刚刚说的那个村子，有空带我去看看。"

"好啊！就是离这里有些远。"

"总没有回莱万远吧？"

"那倒没有，从橙山机场乘巴士大概一个小时，我们开车去的话还可以更快些。"

"听上去还好。"

"那么明天早上我们动身，您看可以吗？"

"今晚。"

傍晚，伊佩尼正身处橙山机场，他站在通往地下巴士站的电梯口，张望着。随后，掏出手机，拨通了范克的电话。

"喂！"

"我已经到了橙山机场，正等在电梯口，迎接我们那美丽的蓝天队伍，不过他们还没有出现。"

"好的。"

"范克，我真的要这样？"

"这不是考核组布置给你的任务吗？你犹豫了？"

"有一些。"

"我从没有见过伊佩尼要见姑娘时犹豫过，今天是怎么了？"

"我到底要做些什么？"

"我估计，只要她一见到你，然后，你根本不需要说什么，也不需要做什么，然后，她就会被你迷住，就像那天考核组的同事们一样。"

梳妆

"范克，不要开我的玩笑，要不是为了工作，我干吗要这么做？"

"既然你已经到了，就继续去做，还要做好。'我愿意尽我所能为公司效力。'这句话那天不是你自己说的？"

十几分钟后，伊佩尼终于等来了一组空乘人员，每人拉着一个箱子，整齐地站在传送带上，从远处渐渐滑动过来，不错，穿的是佳宾航空的工作装，伊佩尼的脚步也慢慢地向他们移动，并极力寻找着那姑娘的脸。难道已经认不出来了？那林中如水般的姑娘，此刻在伊佩尼的脑海里浮现出来，她怎么不见了？伊佩尼有些懊恼，准备上前问个究竟。

"嗨！你们好！"一身运动装的伊佩尼满面笑容地向他们打招呼。

"你好！欢迎来到橙山机场。"机组人员习惯性地问候一直在冲他们微笑的这位"客人"。

"真是群佳人。咦，好像又有新来的面孔！"

"先生经常来这里？"

"当然，佳宾航空，我再熟悉不过了。"

"哦，是这样！感谢先生对我们的关注，我们机组的确来了位新空乘，就是她。"

只见那位新来的空乘面带职业笑容，向伊佩尼打招呼："您好！欢迎乘坐佳宾航空。"

"之前的那位佳人呢？"

"她不做了。"

"哦！"伊佩尼大吃一惊，"是飞到更好的飞机上了？"

"这个不太清楚。"

"天啊！一场大雨过后，竟然飞走了一位佳人，真是太可惜了！"伊佩尼双脚不动了，又欣赏又失望地看着眼前的这道亮丽风景滑过自己，越滑越远。

这时，手机响了，范克来电。自己刚刚主动和他通过话，还不到半小时，他又来电，是真的上心了，他是在担心工作还是担心自己这个属下员工？

"喂！"

"伊佩尼，怎么样？"

"我还好。"

"机场那边怎么样？"

"还好。"

"见到她了？"

"刚听说，那位空乘已经不在佳宾航空了。"

"什么？你确定？"

"听我们的机组同事说的。同时，我也仔细地找过，的确没有在刚刚结束飞行的机组人员中见到她。"

"哦，是这样。"

"范克，关于她是否还在本公司工作这件事确定起来很容易。而我感到困难的是，嗯……接下来，接下来我该怎么做？"

"让我想想。等我电话。"

"好的。"

伊佩尼放下手机，想到范克一直没有询问自己为什么曾经见过那姑娘，怎么见到的，为什么自己有她的说话录音这些事情。他感觉有些不解，范克是在等自己向他汇报清楚，还是视这些为韵事，不屑去听。既然感到情况越来越模糊，目前还是不轻易行动为妙，按照范克说的，等他的电话。伊佩尼离开了机场，回公司去上班。

　　　　　　　　　　　　　　　　　　　　梳妆

第六章

这里——莱万的行动　深入族群

在经理的要求下，中药商带着他去了族中，这其实已经是经理第二次走进族中。这次他低调了许多，避开了刺眼又浓烈的日光，在夜色覆盖整个村子时，他们的车开到了村口。中药商先下了车，走到车的另一侧为经理拉开车门，然后，经理稍显迟疑地迈出脚步，从车里走下来，悄悄向四周望了望，静悄悄的没有人，这才跟着中药商向村里走去。好一副言辞谨慎的模样！好一块令人欲罢不能的肥肉！

他们一前一后地走着，去找族中的那个中药铺。比起来见族长，见一个在村里开药铺的中医是多么理所当然，既可以算作同行，又可以称作业务相通。

"没有想到吧，这么晚了，贸然来找你，真是失礼。"中药商与经理依旧一前一后地站在药铺门外，见到里面的男子开门后，中药商忙说道。

药铺男子虽不知上次莱万医药来人被赶走一事，可是当他见到这位陌生人后，还是立刻警觉起来。刚要准备休息的他，一边打量着站在中药商身后的男子，一边说："哪里，我有失远迎。"

"是这样的……"

中药商正要解释，便被男子打断了，"两位先请进。"

于是，门外的两人一前一后地迈进屋子，然后，大门砰的一声被紧紧关上了。

随后，屋内传来说话的声音，虽然是男人，可听起来轻轻的，清清的。

"这药铺里都是些传统药材，既没有毒，也没有经过任何加工，是用来当配方的中药饮片。原先还有些经过简单加工过的自然药品，像参片、煅瓦楞子、煅龙牡，也都是没有毒的。"中药商不断强调着。

"有没有成药？"是经理的声音，听上去斯文又礼貌。

"我没有带过中成药给他们，不知村子里面有没有其他人带进来过。"中药商说。

"听说有。"男子在一旁插了一句。

"其实像樟脑啊、薄荷脑啊、香精油啊，都是蛮适合这地气候的。"中药商接着说道。

"难道你真的收问诊费？"经理突然又问出一句。

屋内人的声音都暂停了，是为什么？也许，是那中药商刚要开口，便意识到不是在问自己；也许，是他朝他看了一眼，然后默不作声；也许，是那男子抬起头后，点了点头。

沉默了一会儿，只听一声："嗯。"屋内的声音又出现了。

"真的能收上来？"经理问道，口气却瞬间变得不那么客气，不那么斯文。

"村民供给我粮食、鸡蛋和肉，总之，他们有什么，我也有什么。"男子回应着，此刻，也许他的双眼正注视着陌生人的脸。

"你倒是够吃了，我们的中药商呢？"经理问道，口气瞬间又友好了起来。

"我也给他。"男子再次回应经理。

"那该需要多少？还有一船的兄弟呢。"经理不断地问。

"这个村子我们就免了，主要跟其他的诊所交易，够了。"中药商回应道。

"够了？远远不够。"

屋内的声音又停了，没有再起，一直安静了下去。门响了，被男子打开后，从里面迈出那两位，三人简单告别后，中药商和经理便离开了药铺。

男子见二人走远了，忙把药铺的灯全熄灭，然后悄悄跑了出去。已经是夜晚，万籁俱寂的村子能听到自己的呼吸声与心跳，好久没有在夜晚出门，好久没有在夜色中奔跑，他有些珍惜这阵强烈的呼吸与心跳。

终于跑到了希娴和 Po 的屋前，他向四周看了看后，确定没有动静，便叩开了门。希娴见是他，忙问："这么晚了，有急事？"

"我先进去再说。"

"好，进来坐。"

"Po 怎么样？"

"还好。"

"还是要坚持喂药，坚持进食进水。"

希娴点点头。

"你之前照料得不错，要继续悉心照料好 Po 啊！"

"我会的。"

"我刚才在村子里见到了陌生人，来是想告诉你要当心些。"

"又来了陌生人？有没有说是从哪里来的？"

"不知道，是给我供药材的药商领来的。"

"那人什么样子？"

"蛮斯文的样子。"

"进你的药铺了？"

"是，还看过铺里的药材，然后两个人就走了。他们刚一走远，我就跑来了。"

希娴听过这一番话后，低头想着。

"我感觉他们还要继续往村里走，就先来看看你们。"

"那个陌生人是不是一个经理？医药公司的？"

"没错，药商就是这么向我介绍的。你认识他？"

"你知道吗？前几天村子里来了几个医药公司的人，他们被族长和阿叔们赶出去了。"

希娴正说着，只听屋外有动静，男子把耳朵贴近木门，听出是中药商说话的声音。

"嘘！"他示意希娴不要出声。

不一会儿，声音没有了，屋外又恢复成一片寂静。男子轻轻打开木门，从门缝向外看了看，的确没有人，低声对希娴说："你不要待在屋里了，先跟我出去。"

"Po 一个人？"

"先跟我出去。"

二人悄悄离开了屋子，又快步向族长的房子跑去。到了之后，希娴躲到屋檐下，坐下来问他："要不要告诉族长？"

"不，我只想让你先在族长屋旁躲一躲，这样会安全些。照你刚刚讲的，那陌生人应该不敢再来族长这里。"

"上次那个经理亲自找到了我，他认识我。"

"真的吗？"

　　　　　　　　　　　梳妆

"是，就在祭祀日那天，我参加祭拜时，忽然有个陌生人跟我打招呼，还知道我会讲英语和中文。"

"他找你干什么？"

"是想要见更多村里的人。"

"你带他见了吗？"

"没有，我听后就跑了，他没有追上我。后来，我是路过族长这里，又见到了他和另外两个人，他们好像是同一个公司的。一开始另外两个人在屋子里跟族长谈话，他们好像吵了起来，然后就见族长和阿叔们把他们打出了屋，正赶上那个经理跑回来，三人就一起向外跑。"

"那么热闹！咱们幸亏跑了出来，他们刚才路过你家，不会是知道你住那里吧？"男子担心地说。

"我们今晚就坐在这里。"希娴示意他也一起坐下来。

"你今后一直会当航空乘务员吗？"男子在希娴身边轻轻坐下后，问道。

"我不做了。"

"什么？"

"我今后不去上班了。"

"怎么？为什么不去？"

"我想去你的药铺里。"

"不行，要等他们两人走了再去。"

"不是现在，我今后想去你的药铺里。"

"这……"

"不好吗？"

他那呼吸与心跳仍在继续，从跑出药铺的那一刻就未曾减弱，此刻坐在希娴身边，变得更加强烈，村子随着夜深而愈来愈静，他似乎也听到了希娴的呼吸与心跳，全都赤裸在夜色中，穿过山林和溪水，飞上夜空又飘落到地面，魂梦环绕，纵横交错。

族中已然不是当年天方逃进来时的纯粹景象，逐年地，有外人步入，就像此时，依然有股陌生气息诡异又贪婪地窜入村子。

莱万市场部经理确定已经远离了那片村屋，尤其是族长的大石屋，又向四周张望一番，然后，在一棵树旁坐了下来。漆黑的夜盖着他的脸，把他那礼貌又斯文的声音也抹黑了许多。

"那个开药铺的男人是华人吗？"经理问道。

"是。"中药商马上回答。

"他怎么会在这里开中药铺？"

"大概十年前吧，我把他救下后，送他来到这里。"中药商在经理身旁也坐了下来，对经理讲道。

"是吗？你是他的救命恩人？"

"算是。"

"他从中国逃过来的？"

"不，他不是从中国来的。"

"是这样。那你怎么确定他是华人？"

"他讲汉语啊，而且懂中医，懂中药材，会看病。"

"还有呢？"

"他会做中餐。"

"我也会做几道中餐，我也学过一点点汉语，我也是亚洲人模样。"

"你习惯过华人的节日吗？你有华人的习惯吗？"

"他有哪些习惯？"

"嗯……太多了，总而言之，我能感觉出他是地道的华人，因为我全家也都是华人。"

"他的货断了，今后怎么办？"

"铺子里不是还剩些存货吗？够他再维持一段时间。"

"明明不够。他今后有什么打算？应该和你继续合作，你可是他的恩人，救命恩人。"

"他能有什么打算？继续行医，没准一辈子就在这里住下了，和族人们一样。"

"他怎么可以和他们一样？他应该和你一样。"

"可是，他没有我这想法。"

"他成家了吗？"

"这个没有听说过。"

"有没有女人？"

"私事，不方便过问。"

"你们可以把这里变成你们的。"

"经理，你开什么玩笑呢。"

"我没有开玩笑。"

"你说女人啊！都变成我们的？嘿嘿！好好笑！"

"有了药材，还怕得不到什么？"

经理的背后就是山林，要不是身处夜色，他多想亲自踏上去，亲自寻一寻山中那些神奇的植物。这连绵起伏的山脉中，其实一直生长着药材，可政府一直没有开发。经理多想逼中药商说出这山中的资源，他一定知道。然而，他丝毫没有要说的意思。从签约后，他在公司面前表现得一直很好，总经理对他还算满意，可此时此刻，作为他的上级，市场部经理感到了阻力。他痛快地带自己来族里，却一直拒绝回答有关这山林的一切问题。他心里是怎么想的？

见他仍然闭口不谈，于是，经理转过头，朝身后的那片山林看了一眼，将蠢蠢欲动的野心留在这里。然后，站起来说："天亮前我们就要走。"

"好的。"中药商回答得很痛快。

"先回药铺一趟，找到那男人。"经理说完，双眼看着他并等待着他下一声痛快的回答。

中药商只得走回药铺，经理紧随其后，凌晨四点了，经理意识到再不抓紧行动就要露出刺目的太阳，便对中药商说："不吵醒他了，我们留个纸条给他。"说着，从手袋里拿出笔和贴纸，这是平日里写字楼办公室中再常见不过的文具，可是此刻出现在这里，显得陌生又令人多疑。中药商见后心里泛起一阵猜疑，经理要写什么留给他？他现在在屋子里吗？已经熟睡了吗？听没听到外面的动静？万一他醒了，让屋外的经理听到了怎么办？中药商真不希望让经理再见到他。"要躲好啊！"他心里默念着。

一行英文词写好了，经理撕下纸，贴在屋门上。事情都办好后，二人准备走向停在村口的车子，中药商知道不远处就是族长的屋子，不过他琢磨出经理并没有要见族中头领的打算，甚至还有避免碰到的意思，所以他没有多说什么，带着经理准备离开。一切像没有发生一样，中药商的心暂时在满是波澜的世界里稍稍放了下来。放不久后，又要马上提起，他深知。

天亮了，族长的屋门开了，从里面走出一位妇女，是族长的媳妇。突然见到侧面屋檐下坐着两个年轻人，仔细一看是希娴与那个开药铺的男子。她微笑着轻声唤道："醒醒了，又是怕狼？你 Po 说你小时候最怕有狼。"肩并肩睡着的两个年轻人被这一阵亲切的说话声唤醒，睁开眼见到彼此后都笑了，希娴尤其笑得甜蜜。

"我要回药铺了。"男子说。

"我也跟你回去。"希娴笑着说。

"白天安全了，你要赶快回家去照顾 Po 啊！"男子叮嘱道。

"我会的。"

见希娴一直跟在自己身后甩不掉，男子也就随她了。回到药铺，只见屋门上有张纸条，他看了看后，将纸条拿下，希娴也看到了，并认识上面的字，问："这是陌生人留给你的？"

"我想是的。"

这个时间，伊佩尼通常是在住处睡觉的，可是由于他始终没有等来范克的电话，这给他眼前的迷局又加重了一层。他等到早上的上班时间一到，便主动给范克打电话。

"范克，我是伊佩尼。昨天从橙山机场回公司后一直没见到你，我一直在等你的电话。"

"是吗？不好意思，我太忙了。"

"没关系。我只想问，接下来呢？"

"伊佩尼，既然你给我打来了电话，我不如就直接告诉你，那个年轻女空乘的确不在佳宾航空公司工作了。"

"和我昨天在机场听到的一样？"

"是的。"

"还有其他的吗？"

"目前就这些。"

"好的，清楚了。"

伊佩尼嘴上说着清楚了，可心中那迷局仍然混乱不清。他快速起床，简单吃点东西后便出了门。一路来到工会办公室，上次主持投票活动的那位主席正在悠闲地喝着果茶，见到有人来，忙说："早上好！哦，原来是伊佩尼！欢迎来到这里。"

"早上好，主席先生！很高兴再次见到你。"

"请问有什么事情？"

"我想询问一下关于我们公司前一阵的那个投诉，它是否还在？"

"看来你们公司对这件事情蛮重视的，不断来人询问。"

"怎么？还有其他人来过？"

"前几天来过一位先生，自称是佳宾航空的客服中心工作人员，询问投诉的事情。"

"长什么样子？"

"白皮肤，背有些驼。"

"是不是脖子也总是紧缩着，这个样子。"伊佩尼边说边模仿了一下。

"是，很像。"

"他都说什么了？"

"和你一样，问那个投诉有没有可能消除。"

"听上去它似乎还在？"

"是，投诉并没有被撤销。你知道的，如果撤销它，必须由投诉人亲自申请，说明原因后，我们才可以撤销。"

"我想知道，投诉记录有没有录音？"

"没有电话录音，有我们消费者协会工作人员做的笔录。"

"我能否见见那位工作人员？"

"她在外边。哦，她来了。"

说着，从外面走进来一个年轻女子。主席对她说："这是佳宾航空公司的工会代表伊佩尼，请帮他查看一下他们公司被投诉的那份笔录。"

女子听后马上从放在桌子上的几张纸中抽出一张，递给他说："这个。"

伊佩尼看见一张粗糙泛黄的纸上只写着几个字，又看不太懂，便问："请问你可不可以讲英文？能不能用英文告诉我上面写的内容？"

"接一外部电话，关于投诉服务问题，佳宾航空，年月日。"女子一边手指着纸上的那些字，一边为伊佩尼翻译。

"电话里的人有没有说自己是谁？"

女子摇摇头。

"投诉的人是男是女？"

女子摇摇头。

"好吧，谢谢！哦，请问你还记不记得她讲的是什么语言？"

"和纸上写的一样。"女子说。

"纸上的字是当地的文字吗？比如说那片族群？是他们常用的吗？"

女子点点头。

"你是不是族里的人？"

女子点点头。

"正如我所料，族中还有会讲英文的人，太好了！"伊佩尼听后变得格外兴奋，"请听我说，你们的村子里有一位年轻女子曾经是我们航空公司的空乘，你知道吗？"

女子点点头。

"很好，听说她不在公司继续工作了，请告诉我如何才能找到她，她目前在不在村子里？"

女子的双眼一直注视着伊佩尼，露出警觉与不安，还有些气愤，然后快步跑走了。

"伊佩尼，请不要着急，她好像被你吓跑了。"主席说着，依然慢悠悠地喝着果茶。

"主席先生，一直没有人来撤销投诉？"

主席听后放下手里的杯子，凑近伊佩尼小声地说："其实雷尼早已经跟我商量过这件事，不过，消协的确有规定，必须有人亲自撤销。"

"要是始终找不到投诉人呢？"

"所以说，我一直在等着，只要有人申请撤销，我们马上就会同意，将那条投诉撤销。"

"到目前为止，还没有人主动向您申请撤销投诉？"

主席摇摇头，说："只等来两位佳宾航空的员工，就是你和上次那位先生，这怎么可以？"

"雷尼先生他……"

"他早就知道我的意思，可不知他是怎么回事，找个人有那么难吗？"主席有些不解地问道。

"主席先生，刚才那女孩是族人？"

"她吗？嗯，是的。你还有什么事情？"

"哦，没有了，谢谢主席先生，我先走了。"

"伊佩尼，那女孩中午就要下班了，别追她，她会被你吓到的。"

女子不停息的脚步，将族外的世界与村子连接了起来。在她下班后回到村子的当晚，药铺男子在铺面忙碌完后，准备回后屋休息，忽然，后屋窗户响了一声，他警觉起来，连忙跑近窗前，窗外什么都没有看到，他于是悄悄走回到前屋的铺面，轻轻打开刚刚关紧的屋门，探出头，四周静悄悄的。他探着步子，走出屋子，绕到后窗下，只见地上有一个大包，他捡起来，里面居然装满了钱，他连忙向四周看看，试图寻找些蛛丝马迹，可是什么也没有发现。他拿起包，直接从窗户扔进屋里，自己索性也顺窗跳回去，随手关紧窗户，然后快步走到前面，将屋门紧紧关好。他打开包，把钱全掏出来，又滑落出一个信封，他连忙拆开，抽出里面的纸，纸上写着一行方块汉字："药铺请另辟新址，逃！！！"

第二天的清晨，村子里静悄悄的，只有醒着的鸟儿在鸣叫，希娴挑起水桶去溪边打水。忽然，有人喊她，回头一看，原来是水香。

"喂！你回来了？和水永哥一起回来的？"

"我哥哥没回来，我昨晚一下班就赶巴士自己回来的，本来想一回来就找你，可是我阿妈不让我来，说是时间太晚了。"

"走，跟我去打水。"

"我告诉你，有一个黄头发男的，长得这么高，鼻子这么高，那天到办公室去了。"水香比画着对希娴说。

"你是说有男的去办公室找你？"

水香点点头。

"是谁？你认识吗？"

"我之前不认识。他说在佳宾航空公司工作。"

"找你干什么？"

"他说要找到你。"

希娴一愣。

"喂，他听说你不再去工作了。他看上去好惊讶，说要找到你。不过，我没答应他。看他的样子好急！我怕他伤到你。"

"他叫什么名字？"

"这个我没有问。办公室头儿说他是公司的工会代表。"

　　佳宾航空和莱万医药双方又要举行会议，这次开会的地点定在莱万医药公司。梨古也要随总经理去开会，早上的上班时间还没到，便忙着为明日的会议做一番准备。与此同时，她还在留意着人力资源部那边的情况。离上班时间越来越近了，见大多数同事已经陆续到岗，她不能再等了，便迫不及待地走到人力经理的办公室门口，果然，玻璃屋里晃动着一头油黑闪亮的短发。

　　"可爱的经理！我带了咖啡豆给你。"梨古说着，走到正站在咖啡机前的女经理瓦娃身旁。

　　"是梨古，早上好！"正在做上班前准备的瓦娃露出美人蕉般的笑容，向梨古打了声招呼，然后接过梨古手中的咖啡豆，放到鼻子前闻了闻，眨了眨两只黑珍珠般的眼睛说，"真香！"

　　见对方接了自己的礼物，梨古心中有了把握，说道："明天在莱万的会议，我们一起去？"

　　"好啊！我还没有去过那边。"瓦娃说。

　　"我去过一次，明早我们在街心公园见面，然后一起走过去，怎么样？"

　　"那真是太好了，多谢！"

　　"哦，对了，经理，能否帮我准备一份公司最新的在岗职员名单？"

　　"好的。仍然在岗的职员，他们真是可爱！"瓦娃叹了一声。梨古听后，忙问："怎么？人员流动率又有上升了？"

　　"没错，那些不可爱的人！"

　　"总经理昨晚下班前吩咐要准备我司详细的职工个人信息。

我这里也需要一份。"

"明白。"瓦娃说着，打了一个简短的电话，然后对梨古说，"我们正在着手做，已经通知美琳达，等一下她会送过来。"

"哦，谢谢！我想我去她那里取就可以。你真是个好人！"

"不客气。"

梨古走出瓦娃的办公室，来到助理美琳达的面前，惊讶地问道："又有空乘离职？"

"是，就在刚刚过去的一周里，竟然有三位人员离职。"美琳达回答。

"是哪些组的？"

"第八组，第十组，第十九组。"

"第十九组，就是专飞橙山的那个组？"

"是的。"

"我想看看三位已离职空乘的个人资料。"

"过来！"美琳达示意梨古走近电脑屏幕。

梨古来到美琳达身旁，一边看着电脑，一边问："这上面有没有记录离职原因？"

"有。你看……"

"看到了，第十九组这位空乘的离职原因是照看亲属，不便长久飞行。"

"是的。"

"她飞的这个航线每周只有两班，飞行时间又不算很长，只有一个小时。"

"那个女空乘啊，她的情况是这样的……"美琳达凑近梨古，压低了声音，对她说，"公司要调整她的飞行航线，飞的时间久，她接受不了，因为家里有个外婆需要她照顾，所以她就离职了。"

梨古听后点点头，也压低了声音继续问："那么，其他两位离职空乘也是由于要被调整飞行航线后才走的？"

"不，只有她是这样。那两位纯属主动提出的离职。"

"为什么要调整她的航线？"

"这个我不清楚。"

梨古听完后立刻离开了美琳达，又转过头说道：

"恐怕你们要更忙了。"

"什么？"

"恐怕我们会更忙了。"梨古又说了一遍，然后走了出去。

转天，莱万医药公司的会议室里，会议如期进行。

"关于莱万医药收购佳宾航空部分航线业务一事，目前有了极大的突破与进展，我们正在努力地推进收购进程。"

"'极大'？有多大？'努力'？有多努力？'发言人'能不能具体讲一下？"有人问道，口气中充满挑衅。

"先不要着急，一会儿我会具体地介绍情况。""发言人"笑着说道，"不过在介绍情况之前，我要首先感谢佳宾航空公司亚洲区办公室的总经理雷尼先生，他一直在积极配合我们的工作，并在应对突发事件上表现出过人的能力，我们对此表示满意。毫不夸张地讲，此次收购业务之所以能有如此进展，都离不开雷尼先生的努力。我们再次感谢雷尼先生。""发言人"的一番话后，会议室内响起了掌声。等掌声落下后，"发言人"继续对大家说："临退休，我们希望雷尼先生继续为公司服务，尽善尽美。"

"哦！什么？"话音刚落，会议室内又响起一片惊讶声。

这次没有掌声响起，雷尼主动开口道："今天双方公司的负

梳妆

责人都在场，借这个机会，我要宣布，我将于项目完成后退休，结束我在佳宾航空公司的职业生涯。"

这次会议室内没有惊讶声，而是一片安静。

接下来，为了应付挑衅，"发言人"详细介绍了项目具体进程后，双方就业务开展了对话。

"因为佳宾航空是大型航空公司，空乘人员都是由自己挖掘培养，公司培养一个空乘人员需要付出高成本，但是他们好像并不为自己所用，跳槽去了其他航空公司，或是稍稍岁数大一些就转行了。我们觉得这是一种浪费。"莱万医药表达了观点。

"亚洲的人口密集，劳动力成本相对低廉，频繁的人员流动目前来看对我们的经营并没有产生较大的影响。"佳宾航空解释道。

"可如果我们自己能够积极把握，节约人才，那对我们的经营当然会更有益。"

"对的，就像报告中所显示的，最近离职的三位空乘中，平均年龄只有二十二岁，这个年龄在那些人口老龄化严重的国家里，仿佛崭新的机器，可在佳宾航空，却休息了。"

"怎么？她们不再继续做空乘了？"

"有两位离开公司，彻底不工作了。还有一位，需要回家照顾亲人，暂时不工作了。而这位年轻空乘，今年还不满二十岁，我们了解到，她从七岁起，就在佳宾环球语言学校就读，一直吃住在学校，因为她的家在村子里，不方便经常往返。由佳宾航空投资兴办的这所学校听上去就如同她的家一样。她一直在学校里接受教育，进行训练，她不是应该一辈子为佳宾航空效力？"

"她的家里有什么困难？"

暂时无人应答。

"怎么？难道公司不了解？"

"具体情况是这样的，公司调整了部分空乘的飞行航线，这位空乘被调整到亚洲—欧洲的航线，距离远，时间久，她做不了，因为还要照顾家里生病的亲人，所以提出了离职。"佳宾航空公司人力资源部经理瓦娃解释道。

"她之前在飞哪个航线？"

"橙山。"

"她提出离职，公司轻易就同意了？能够飞总比不再飞要好。"

对于这个问题，又是无人应答。

"难道不是这样吗？"莱万医药方面再次问道。

这时，雷尼开口说道："看来我要对大家讲出一个事实，刚才提到的那位已经辞职的女空乘，经调查，就是前不久发生在佳宾航空公司那个投诉的制造人。"

雷尼又沉默了一会儿，继续说："好在，她没引发什么严重后果，目前看，就是一个恶作剧，一个由工作在佳宾航空的女空乘故意制造出的恶作剧。现在，她已经离开了公司，不再继续为公司服务。"

雷尼说完，用眼神示意莱万医药一方，心里说道："明明已经知道了，为什么会上还有人提起？"

"如果说，我们要她回来继续原先的工作，这是否也很好？就像我们已经很好地面对了佳宾航空出现的又一桩网络'新闻'。还能有什么不可以面对的？"

"我们会马上试图与她联系，重新请她回来工作。"瓦娃立刻说。

梨古始终在做会议记录，一句话未说，直至会后的午餐。

她一直紧随雷尼身后，终于找到了一点空隙能够让她和雷尼单独说话。她现出一副难以置信又心酸的样子，喊住雷尼："总经理！"

　　雷尼找了一张带有椅背的椅子坐下来，示意梨古也坐，可梨古却没有，站在他的面前，他俩之间隔着一张饭桌。雷尼坐得如此平稳，仿佛已经扣好了安全带，坐等飞机平稳着陆的样子。他一点点下降，她离他就越发地远。她也许还要搭乘下一班飞机飞上天，在临飞时她还不想系上安全带，趁着雷尼还没有完全落地，趁着她还能够看得见他，她要对他说。

　　"总经理！刚才……刚才会上您宣布的真是事实？"

　　"我在今天的会上说的每一句话都是真的。你觉得我说的有哪句不是真的？还是你有什么要更正的？"

　　"总经理……"梨古说不下去了，声音微微哽咽。

　　"你这样显得很不职业。"

　　"对不起，总经理，我现在有些控制不住自己。这消息来得太突然！"

　　"你是觉得两年之后宣布才不突然？"

　　"一直以为您会工作到退休，我真的希望这个项目能够持续两年才结束，可那怎么会？一定不会那么长。"梨古的声音更加哽咽，鼻子也抽搐起来。

　　见梨古这样子，雷尼打趣道："没听到人家一直在惋惜吗？不过，他们要极力挽留的可是那些年轻漂亮的女人。"

　　梨古忍不住继续哭泣。

　　"怎么？你是要我也跟着你一起这样？我的眼睛好像要湿了！"总经理说着，闭上了一只眼睛，又拿起桌上的玻璃水杯，将那只紧闭的眼睛挡上。梨古看到他一眼睁一眼闭的样子，忍不住笑了起来，含着眼泪，抹着鼻子。

只见那边走来一群人，是莱万医药的负责人来找雷尼共进午餐，梨古笑着说："总经理，我先到那边去吃饭，一会儿见。"雷尼将那只眼睛睁开，可依然用那个透明的玻璃水杯挡着，盯住梨古，一直到她离自己远了。

梨古领取一份工作餐后，想要找一起来开会的瓦娃共进午餐，可是此时瓦娃却不见了，她环顾了一圈这个不算很大的饭厅，并没有找到她的身影，那群莱万的人正在和雷尼有说有笑，其中也没有瓦娃。她到哪里去了？"真是个可爱的人！"梨古心里说着。

下午刚上班，佳宾航空人力资源部美琳达就开始按照吩咐给已离职的希娴打电话。可是一直没有联系上。她来到经理面前向她汇报情况。

"经理，我已经给离职的空乘拨打过六次电话，可是都像是没有信号一样，听不到任何声音。根据她之前留的个人信息，她的家在橙山路的一个村子里。会不会是那边信号不好，或是根本没有信号？"

"询问过她之前的机组同事没有？他们之前如果有事是怎么联络她的？"

"那要等到他们结束这轮飞行后。"

"好的，抓紧时间。"

"是。"

美琳达走出去后，瓦娃立刻拿起电话，拨通后，试探地问起对方："喂！刚刚过去的公司大考核中，是不是发现了可疑人物？"

"这你应该早就清楚。为什么问我？"对方问道。

"你是这次考核组的成员。我不是成员嘛！"

"还在为这件事生气？亲爱的，这件事已经过去了，考核组已经解散，就当什么都没有发生。况且，我不是也和你讲了关于这次考核的情况，你也了解到了很多。至于为什么你没有被抽到考核组，我想，公司也许自有考虑，总之，不要去想太多。"对方安慰道。

"你知道吗？那人离职了。"

"哦。"对方淡淡地说。

"难道真是被公司逼走的？"

"这个我不清楚。要是逼，也是你们部门的事。"对方马上说道。

"怎么才能找到她？"

"你在说什么？难道找人还需要问我？你在公司是做什么的？"对方反问道。

"上次你不是说客服中心有个总监认识她？"

"哦，对。"对方详细地对她说起来，"伊佩尼，你知道吗？公司总部的员工，在客服中心任总监，还是刚当选的工会法人代表。他对考核组说他见过她。"

"好的，谢谢！"

瓦娃道过谢后，又立刻拨通了客服中心范克的电话。

"你好！我是范克。"

"你好！我是佳宾航空亚洲区人力资源部的瓦娃。"

"是经理？你好！"

"是我。"

"请问有什么需要我帮助？"

"来给您添麻烦真是不好意思。"

"哦，没关系，我们都是同事。"

"伊佩尼在吗？"

"他下午四点之后来上班。"

"我们需要他的帮助。"

"什么？"

"找个姑娘。"

"是不是上次考核组派给他的任务？"

"总之是让他帮忙找个姑娘。"

"天啊！那姑娘，不，那姑奶奶已经把我们公司上下搞得头昏脑涨，今天亚洲区人力资源部经理居然亲自来电话找她。"

瓦娃听后笑了出来，说："副总也会说'姑奶奶'？"范克并没有理会，而是略显严肃地说："您应该知道的，她已经离职了。"

"所以才要找到她。"

范克感到对方不仅来势凶猛，还明目张胆。她一定是接到了任务并且一定要完成。不然的话，怎么能例行公事地给自己打电话。这个亚洲办公室真是麻烦！

"好吧，我们尽力。"范克并未多问原因，答应了经理的请求。

随着上午会议的结束，佳宾航空公司亚洲区内的反响越来越大，也包括工作在这里心怀鬼胎的米基。米基突然轻松了许多，因为莱万医药与佳宾航空的会议又恢复了，莱万收购佳宾航空部分航线业务的希望重新点燃。此刻还哪管一个什么无聊的投诉，又是在这个鸟不拉屎的地方。自从他上次去过工会、消协所谓的"办公室"，他简直怀疑自己的人生是否称得上失败，为什么被安排在这样一个地方工作？他相当记恨公司，越是这样，越要争取到自己想要的，从旁门，从左道，从不同渠道。现在情况看似有些好转，他的脸也显得更加凹凸，内心坚定地继续去争取。

伊佩尼下午起床后，看到有条电话录音，刚一按下键，范克的声音便急切地传来："伊佩尼，伊佩尼，有个任务，继续找到那姑娘，这是人力资源部经理瓦娃的吩咐，我转达给你。就这些，再见！"

不同于米基，伊佩尼却始终寻求着真相，可他离公司总部实际距离很远，离雷尼的办公室也不算近，离那片深山老林的距离其实更远。可不可以假设成打电话的女子就是公司曾经的空乘，她住在族中，由于长期工作要离家，这令她很不适应，没了家的感觉，所以辞职了。辞职前那个电话像是求救或是对公司发泄不满，故意让公司难堪。假设打电话的人不是她，是一个声音与她极其相似的人，那么会是谁呢？她的妈妈？她的妈妈又会是谁？对公司不满的人，让公司难堪的人，会不会也像她一样是公司员工？母女俩同在佳宾航空公司工作？不不，也许就是公司的竞争对手，在极力阻止着某件事，可是那个电话内容不像是商业领域里惯用的理由，虽然弄成年轻人的声音，可它听上去如此有质感，充满思绪。

伊佩尼去洗手间洗漱一番，然后走到冰箱前，打开门，拿出一些吃的，刚要在餐桌前坐下，见到手机还在床边充电，于是双手捧着早餐冲着那手机走去，一下子又坐回到床上，大口吃了起来。刚吃了几口，手机响了，他的手上沾到些汉堡里溢出的酱，只得用手背敲了下接通键，这次传来了女友的声音："伊佩尼，我越来越没有女人的味道，和你在一起后，我变得越来越抱怨。"

"我？"

"是的，就是你。"

"天啊！你怎么可以这样说。"

"我要离开你，你这个讨厌的家伙！"

"你去哪里？"

"回家。"

"什么？哪个家？不会是已经有了一个新家！"

在与女友一番争吵后，伊佩尼好像忽然意识到了什么：那投诉电话中的人也许只是要一份心灵安慰，她把对家的渴望、对家的感觉都寄希望于飞机，哪怕只是短短一程。

第七章

那里——莱万的行动　入寺

中药商亲自与一个手下兄弟去接货，今日只有阴云，还好，并未密布整个天空，只是稍稍模糊些人的视线，这对于船和以船为生的人来说，已经是莫大的幸运。这份模糊，也许正是东家莱万医药想要的视线，他们那大刀阔斧又肆无忌惮的行动以及不断向外迸发的蠢蠢欲动都需要模糊在这阴云中。

货物意料之中地来了，一切顺利，中药商确认好一切后，还没来得及松心，手机响起，是莱万医药的市场部经理，他的心又紧了起来。

"喂！"

"怎么样？今天顺利吗？"

"经理，船已靠岸，目前一切顺利，准备卸货。"

"仓库一定要严防死守，小心货物出意外。今后，这货物恐怕会变得越来越抢手。"

"明白，请经理放心。"

"三个小时后，会有我们的人找你取货。他们要什么，要多少，给就可以。"

"好。怎么交接？"

"两个男的，一会儿我把车子和两人的照片发给你。这辆车子是固定的，今后找你取货时都会开这辆车，这两个人也是固定的，准备取货前他们会联络你，记住，只有这两个人同时在一起才能把这辆车子取出来开走，否则一定有问题。当心！"

"就是说一个人单独来不了？"

"一半密码不够。"

"经理的话我都记下了。"

"你只负责仓库和船，管理好兄弟们，其他的事不用操心。"

中药商一时没有回答。

"答应我。"

"嗯。"

三个小时后，仓库里的一切码放就绪，仓库外的一切如约而来，中药商协助取货人将他们要的货装上车。就在那两人刚刚从仓库驾车离去时，中药商忽然发现远处有个人影，此刻阴云依然布满着天空，视线依然模糊，中药商有些怨这般阴云，他又努力地去看，终于看出了，原来是族中那个药铺男子。见他躲在树下，他判断是来找自己的。于是，他先回仓库，吩咐兄弟收拾好仓库后，又有意耽搁了几分钟，判断取货的车子确实开远了，才悄悄地独自一人从仓库走出来，然后快步朝远处那棵树走去。男子仍然躲在那里，见他来了，露出一脸的庆幸，一直紧张的面孔顿时放松下来。

"找我？"中药商低声问。

男子点点头。

"什么事？"

"我想借车子。"

"去哪儿？"

"这边的中药铺。"

"刚刚从我的仓库走了一辆车，我估计是去给各药铺送货。"

"我看到他们了，我也要去城中心看看。"

中药商把自己的车钥匙给了他，说："开我的车就好了。"

"会不会被他们认出？"

"你自己要小心。千万要小心！"中药商叮嘱着他，心中又忽然满意能有这般天气的到来。

男子驾着借来的车，小心地跟在那辆货车后。果然，那车在一家中医诊所前停下，从车上下来一个人，从车里搬下一批货，走进诊所，不一会儿就出来了。上车后，车子继续行驶。

男子的车一直在角落里停着，见那辆车开走后，他便下了车，走进那家中医诊所。

"你好！我想抓些中药，家里老人整天头晕，食欲也不佳，不怎么吃东西。"男子冲着屋里面说道。

"老人方便过来吗？"

"不太方便，医生，麻烦你就抓些药给我，我回去自己煎好了。哦，对了，价钱是多少？"男子说着就要掏口袋付钱，摆出一副既外行又焦急的模样。

"价钱涨了。"

"跟之前比要多花多少钱？"

"是原来的十倍。"

"什么？这么厉害！吓死人啦！"

医生无奈地笑笑。

"那我还是去买别的药，我先走了。"

男子匆忙出来后，马上开车子去追那货车，终于在一个路口见到了，然后跟上它，车子又在另一家诊所前停下，同样是进去送货，然后开走了。男子便又下了车，走进去。

"有没有清凉油？"

"有。"

"多少钱？"

"一百。"

"我只要一盒呀！"

"一百。"

"开什么玩笑！走了！"

"没办法，我们进价很高的。"

男子以同样的借口离开了诊所，又匆忙追上了前面的那辆车。反反复复又送了几家诊所的货，最后，货车终于开到了研究所，送完最后的这批货后，便开远了。

男子在城里兜转了一圈，最后将车子开回到了仓库，中药商仍在等他，见他回来了，示意他把车子停住，然后拉开副驾驶一侧的车门，坐了进去，对他问候道："还好吧？"

"我还好。一路没有发现可疑的人。"

"近来还好吧？"中药商又问道。

"还好。一直没有见到可疑的人。"

"他们送货去了？"中药商问。

"送完了，车子已经开走了，像是开出了城外。"

"都送了哪些地方？"

"和睦堂、洪氏、明清，还有白象路那两家诊所，最后去了研究所送货。"

"我想每家送的应该不算多。"

"看上去就像是小诊所的正常用量。哦,那么大的一辆货车,他们刚从仓库里拿了不少货吧。"

中药商并没有回答,而是继续问:"那些诊所情况怎么样?"

"价格暴涨!"

"这就开始了?"

男子点点头,接着说:"洪氏一盒清凉油要一百,从和睦堂抓一服药,价钱是之前的十倍。"

中药商听后面露惊讶。

"其他的几家我没有跟进去,估计情况差不多。诊所说进价高了,所以卖的价钱高。"

"现实的情况你都亲眼见到了,你今后怎样打算?我的货现在都由莱万亲自向外配送,难道你想找他们拿货?"

男子不作声。

"还不快跑?"中药商低声地"吼"了一句,见男子依然坐在自己的车里不动,又说,"喂!干吗赖着不走?走啊!"

男子看看他,慢慢地打开车门,一只脚迈到地上,中药商布满血丝的双眼又像含起了泪,男子于是下了车,头也不回地走了。

所有人都走了,仓库里也清静下来,中药商将库门锁好,吩咐其中一个兄弟留下看守,然后,又开车去了城中心那些诊所。

"你害得我们好惨啊!现在换了大公司送货,卖我们那么高的价钱,这是要断了我们的生路啊!"

"话不能这么讲嘛。政策变了知不知道?我也是要继续维持大家的生计才这样做的,否则的话,我就不能够进货了,违法!

要坐牢的！"

"照你这么说，我们还要感谢那个黑心公司收我们那么高的钱。"

"没办法啦！再说诊所一次进的货也不算很多嘛！"

"还要多？拜托！真不知道哪天就要关门停业了。下次进货都不知道是什么时候，还能不能像往常一样。"

"神医，要挺住哦！"

"这新政策分明是要挤垮中医诊所。"

"盼望您这诊所能够早日改成研究所，那样的话，我们也能名正言顺地为您送货。"

"我们这里人口少，听说大城市现在有很多生产药酒的小作坊，自产自销。"

"是吗？"

"你要是做药酒生意，今后有不少竞争了。"

"我只做中药材。这么多年一直是这样，您知道的。"

"中药和药酒一样都没少，什么政策？什么禁令？纯属瞎扯！"

"妈呀！那今后市场可要乱起来了。"

"样样都涨，还未必能买得到好货，劣质货恐怕会更畅销。"

"神医说得没错。居然颁布禁令！其实抬些关税就OK了，干吗要这么严格？"

神医此时双眼在中药商的脸上盯了一会儿，然后低下头，一边摇头一边叹息。

中药商与其中的一家诊所医生聊了一段时间后，感觉这口气太强烈了，以至于不敢再继续去往下一家，干脆打道回府。

又是三个小时过去了，中药商的手机又响起。

"喂！"他小心翼翼地说。

"凌晨三点我们的车会到达仓库门口，继续提货。"

"好，我等你们。"

只讲了这三句后电话就断了，中药商脑子里又迅速地判断了一遍所有信息，对方的号码、对方的声调、对方口中所说的"我们"、对方所说的返回仓库的时间，一切应该没有什么问题。他还没来得及想更多，手机又响了起来。

"你在哪里？"是莱万市场部经理的声音。

"经理，我一会儿准备去仓库。"

"他们联系过你了？"

"刚刚给我打来电话，说是凌晨三点来仓库提货。"

"注意安全，辛苦了！"

"不要紧。"

"记得我讲过的那些，一一核实后再放货。"

"是，记得。"

离上次提货时间还不到二十四小时，那两个人又一次地开着货车来到仓库提货，中药商一动没敢动地和兄弟守着仓库，这次比上次提得还多，装满一车后又开走了。

心可以放松些了吗？不，他其实一直还都在想着族中那药铺男子，白天从自己的车子下去后怎么样了？他感觉男子不想这么快就走，他好像还有事情没做完。莱万这边呢？一定会步步紧逼，拿下他，他对莱万的作用会很大。莱万绝不会轻易放弃已经盯住的猎物。

中药商还是决定再亲自去一趟族中，他安排兄弟们严防死守仓库，一旦有莱万的人突然到来问起，就说是自己的孩子生病了，需要回家去照顾。

他开车去了村里，又是一个万籁俱寂的夜晚，因为他的再次到来，村子里又多了一份陌生人的呼吸。他走去药铺，敲了敲门，说道："是我，请开门。"

门一下子打开了，药铺男子连忙请他进去。

"莱万又找过你吗？"药铺大门刚一被关好，他就迫不及待地问。

见男子不作声，他又加重了口气，问道："他们有没有找过你？告诉我！"

"还没有。"

"趁着现在还安全赶快离开这里。"

"我不是不要走，而是现在不能走。"

"老实告诉我，你是不是有牵挂在这里？"

男子从柜子里拖出一大包药材，拖到中药商脚下，说："你开车来的？一会儿我帮你把这个抬上车。"

"不要顾及这些了。"

"每次都是我亲自上山去采，然后交换给你那位兄弟带走的。今天也一样，你一会儿亲自把这些带走。"

"放弃吧，我已经放弃了。"

"总不能让你跑空船，满船去，满船回，这样多好。"

"新东家自有安排。你不要在山上留痕迹，现在除了你和我，还有谁知道这里有药材？"

"你的那位兄弟，每次来送货的那个，他把我采的药材带走。"

"他并不很清楚那是药材，而且是政府没有正式批准开采的药材。他不会想太多的，这个你放心。"

"你把别人都当成傻子？你可要当心！"男子提醒道。

"你说族长知不知道？"中药商问。

"我感觉他又像知道，又像不知道。"男子含糊地搪塞着。

"你采的药材在中国的确少有，我运到那边卖些钱，但是都没有卖得太高。那些钱我都留出了，全都给你了。"

男子从床下边拿出那晚从窗户外面拾到的包裹，举到他面前说："我一猜就是你派人扔进来的。"

"带着它，放弃这里的一起，走！"

"也包括你？"

"看我，从前的一切不是都放弃了？你现在不走，今后就永远不能摆脱，就像我。难道你要落得像我一样？"

"我早落得不像人样。"

"不，你比我年轻，又懂医术，我相信你到哪里都能安定下来。"

"难道还有比这里更安定的地方？不是一样要受逼迫？"

"莱万盯住了这里，他们知道这里有药材可开采，也许目前已经开始谋划行动方案，甚至，会逼走这里的一切，他们更不会放弃你这个懂药材和医术的人。不是已经给你留过字条了吗？"

"已经开始了？"

"难道不是吗？还不快斩断一切，从头开始。"

"又是从头，一生要开多少次头？"

"你很在乎？"

"在乎。"

"这处境还能在乎什么？不要在乎，不能在乎，更不可以让人看出你的在乎。"

"你这个满不在乎的东西！"

"我不在乎。"

莱万医药的市场部经理得知总经理出差回来后，早早地来到公司。自从那夜离开村子回公司后，他还一直没有见过总经理，今天，总经理第一天回来上班，一定很忙，趁着早上清静，他要抓紧时间汇报那些重要的情况。电梯间里只有他一人，他坐着电梯上了楼，刚一出电梯，便见到远处一个人影，果然是总经理，看似是刚从洗手间出来正要回办公室。他高兴地走上前，"总经理，早上好！"

"是你！早！"

"总经理，我可以进去吗？"

"请进。"总经理说着，请他进屋。他于是跟着总经理走进了办公室。

仍然是那间拉着窗帘的办公室，市场部经理一直露着笑容的脸被遮暗了许多。

"总经理，一早我就来汇报工作，真是不好意思。"

"不要紧，我很好。最近怎么样？"

他把前些天发生的那一系列情况从头到尾地讲了一遍。

"到目前为止，您是否觉得我们已经变得越来越主动？"

"还没有完全掌握主动。"

"我们有信心继续，完全掌握主动对我们来讲并不算困难。"

"你认为还有困难？"

他愣了愣，总经理马上又说："哦，不是，你认为没有困难。"

"总经理，那个音乐人，应该讲已经完全受控于我们，他不得不按照我们说的做。"

"不得不按照我们说的做？那是助理！"

"那个村子里的中药铺，我们还是有把握拿下的，也包括那个开药铺的男子。"

"有把握拿下？那是中药商！"

"总经理，如果您觉得计划及行动有什么问题，那么我们可以调整或重新制定。"

"我只是想到些困难。"

"的确，目前他们还没有回应。这真能够难倒我们？我明明可以拿到些成绩后再回来见您，我这么做是在给他们留余地。"

市场部经理说完后见对方并没有太多反应，心想，难道总经理还在想着所谓的困难？他一早跑来，高兴地来见总经理，没想到汇报过工作情况后得到的是这番态度，脸上的喜悦顿时消失了，沮丧地说："我真有些后悔这么早回来。"

回到自己的办公室，他拿起电话拨了起来。

"喂，我有些事情要咨询，请问现在方便吗？"他直截了当地说道。

"方便的，请讲。"

"我们公司上次扣在海关的那批货，目前怎样了？"

"放了。"

"放了？"

"有个商家想要，就放给那家了。"

"我说，正本提单可还在我们手里。"

"人家有本事提，就提了。"

"难道世界上还存在第二份正本提单？你们海关是怎么搞的？"

"现在这种货多么抢手，那个老板不知是怎么知道有批中药材扣押在海关，就千方百计地找人帮忙，最终花高价买走了那批货。"

"算你们厉害！我们顶着压力，冒着风险搞来的货居然让别人轻易地买走了。"

"是他厉害。"

"你们全厉害！"

"我知道，莱万的货让其他人买走了，让你们既有损失又丢了面子。今后，有什么需要，就跟我讲，算是补偿这次损失。"

"那我可就不客气了。"

"有事？"

"这些天对进境的旅客查得紧吗？"

"当然。自从新法颁布后，海关一直在尽力实施，凡是跟中药有关的一律不允许带入境内。"

"有个叫天方的音乐人知道吧。"

"知道。"

"他目前在国外演出，演出结束后会乘坐佳宾航空的飞机回国，明天早上五点四十五分落地，航班号是 EE9715。"

"他不方便出关？要我们通融？"

"不，尽量找他的麻烦，不要让他顺利过关。"

"嗯。"

这类端倪经常发生在夜晚，模糊不清，更进入不了他人的视野，即使有梨古那样想要弄清真相的人也无法看清。

莱万医药的总经理一上午都在办公室里，今日是公司股东的活动日，股东们都在楼上的活动室里，看似是活动，其实是公司又有需要商议并决定实施的重要战略。活动日是源于总经理个人的想法，莱万的发展的确像滚雪球，随着雪球越滚越大，沉重与压力、风险与机遇也越来越多，接连不断的会议使得公司整日都笼罩在严肃与压力之下，该做出的决定反倒难以成形，再这样下去的话，这雪球恐怕滚起来就会越来越困难且迟缓，因为内部的争端与情绪使得力量总是不那么一致，事情进行得也不那么顺畅。他亲自设计了一间活动室，越是在公司有重要的行动之前，越要从轻着手，从轻松的活动开始。

通常在活动日这一天，他不安排任何工作包括外出，因为他很重视，也因为他要时刻关注着活动室内传来的消息，还有可能是情绪，激昂的情绪，这些都使他必须打起精神去应对。

秘书从楼上下来了，端着一大盘杯子，他看了看，全都是咖啡杯。

"南美的咖啡豆大家觉得怎么样？"他问道。

"关于咖啡，没有人说什么。"秘书说。

"哦。"

"可是关于业务，股东们好像说得不少。"

"你这么说真令我紧张。"

"不好意思，总经理。"

秘书正说着，一个老头急匆匆地推开门走了进来，秘书连忙放下手里准备要清洗的杯子，走开了。

"亚利叔，开了一上午会，辛苦了，来屋里坐。我摆了茶，在沙发前。"

"那个老东西，总是像只……该怎么形容他，他总是和我们谈不拢。"

总经理笑了笑，请老头坐。老头在沙发坐下后，接着说："目前我们的目标是中药材。所有的一切都在围绕着这个来做。佳宾航空橙山航线在我们计划第一时间收购的范围里，也包括所有的人员。目的不是很清楚吗？可他非要盯住那个什么投诉和机长不放，还再三要求航空公司调查真相，做出解释。唉！"

总经理依然微笑着，边听边为老头倒茶。

"法律和政策刚刚通顺了，股价也很理想，现在真是再合适不过的时候了。"

"可能佳宾航空内部的确有些不那么令人满意的地方，所以才引起股东的重视。"总经理耐心地说道。

"那只是个别股东，就像那个老东西。客服不好可以换好的，机长喝酒可以不让他喝，还有空乘等等，不管怎样都可以调整嘛。这难道也是大问题？那么为难的样子，真搞不懂。"

"前一阵的那条负面新闻，影响还是比较大的。"

"不然的话怎么能变得便宜，得了便宜还不卖乖？"

"亚利叔，股东担心的未必是投诉与负面新闻本身，恐怕是这两件事情到目前没有摸清楚真实情况，听上去又蹊跷又……"

"瞧你那张脸，简直比豆腐还白嫩，这样的事就感觉蹊跷，'又蹊跷又'什么？难道你还有恐惧？互联网新闻无非就跟那流行音乐和电影一样，使用造价高昂的技术设备，把那些破嗓子录得好听一点，把那些破身材拍得好看一点，把那些破事网得时尚一点，一大群疯子不要命地追捧。"

"亚利叔，这两件事，不知怎么回事，我真有点……"

"唉呀呀！大哥怎么养你这么个豆腐？"

"亚利叔，我已经五十岁了，我的脸怎么是豆腐？你在说我儿子吗？"

"他们是臭豆腐！"

"亚利叔，不要这样讲嘛！"

"不过也好，互联网虽然给我们带来了冲击，同样也会带来新的病人，这或许是我们要开发的新市场。"

"会出现什么病？"

"可以预想一下，到时候不管线上线下，恐怕都需要些医和药。"

"哦，一夜暴富的病。"

"新贵的病。哈哈！"

"哈哈！"

第二天凌晨，佳宾航空的 EE9715 准时降落。天方仍然是独自一人走下飞机。这次演出他没有带那位助理，全程都是自己一人打理。忙碌中必然忽略了最新动态。直至他出关时被边检挡住并请到了一间小屋里。

"长官，我最近一直在外国忙着工作，没有及时了解到国内法律的变化，我随身带的这个药，已经用好几年了，喝了它我感觉嗓子很舒服，能起到保健作用，就这些。"

"按照最新规定，你要被关押二十四小时，没收药品，缴纳罚金。"

"没有其他的了？如果就这些，好的，我认罚。"

天方仔细地读了读被递过来的须知，毫不犹豫地在纸上签了自己的名字。

海关不费吹灰之力地帮了一把莱万医药公司，这忙帮得轻松又顺利，要是能常跟商家做这种交易，又总能赶上像天方这样的人，海关总署算是肥了。

海关的电话打回到了莱万的市场部经理这里，刚响了一声，就被经理接通。

"喂！"

"音乐人已被控制住，人就在机场，一切都很顺利。"

"谢谢！"

"接下来有什么事情抓紧时间办，超过二十四小时我们就得放人。"

"嗯。长官辛苦了！"

又过了两个小时，音乐人天方携带违禁物品进境并被海关扣押的消息妥妥地出现在了互联网上，皆为头条新闻。

被关在小屋里的天方什么也做不了，正是个睡觉的好机会，他冲外面喊了一声："长官！"

不一会儿，来了一个人，问他："有什么事？"

"我刚刚演出回来，好累好困，我能不能趴在桌子上睡觉？"

"没有桌子。"

"那我的凳子能不能靠在墙上，然后我身子可以倚在墙上。"

工作人员听后，走到他身边，天方站了起来，工作人员便把他正坐着的椅子摆到了墙壁那边。

"谢谢长官！我可以坐下来睡觉吗？我真的好困，要不然你在这里看着我睡觉。"

"请遵守规定。"工作人员说完又走了出去。

天方满心高兴地倚在墙上，闭上双眼。一时的暗无天日也能够休养生息，这间小屋倒是为天方提供了一方宁静，哪怕只休养二十几个小时，也不算短了，天方看似是在抓紧这段时间，他不一会儿就睡着了，睡得还很踏实。

当他再次醒来的时候，助理已经站在门外等候。被工作人员叫醒的他，看了看屋顶，一副遗憾的样子，开口说道："这么快就到时间了？"

"你可以走了，你的行李存放在行李间，出门左转第二间屋子。"

天方被带着走出屋门，见到助理站在外边，手里推着一辆空的行李车。天方没有说话，继续左转去取行李。助理见他出来后忙跟着他，嘘寒问暖："还好吧？我帮你取行李。"

"取出行李后我就可以妥当地出去了？"天方开口问助理。

"是的。"助理胸有成竹地回答。

二人取完行李后，助理一人接过所有的行李放上车，接着说："我找了个朋友，就在机场工作，一会儿让他领我们出去。"

天方正要抬头看看四周，只听助理小声说了一句："他来了。"

天方还没来得及抬头，只觉得一只胳膊被抓住了，窜上来一个高个子男人抓着他的胳膊就跑，天方整个身体也不由得跟着他跑。胳膊越来越紧，像是被牢牢地钉在他手里，这份力量和步伐令天方感到久违了，天方判断他不是个普通工作人员。他是谁？

一直被拽着跑出了机场大厅，刚才的出口应该是内部人员通道，天色已暗，天方刚想辨认一下方向，就被一辆汽车挡住了，男人迅速地拉开后车门把天方扔进了车里。关好车门后，立刻从前门上车，启动了车子。

"我们再去接你的助理。"

"好。"

车子开到了一处没人的地方停下了，天方从车窗看到助理守着他的行李等在那里，男人将后备厢门打开后，助理便推着行李车跑到车后，将行李放上车后，把行李车推到墙边，跑回来上了车，坐在男人旁边。后备厢门重新盖好后，车子又启动了。

彻底远离了机场后，天方开口对开着车的男人说："今天真是谢谢你啦！"

　　"没事的。"

　　"你在机场是做什么的？改天请你吃饭。"

　　"喂，跟你讲话呢？你哪天有时间？"助理忙问。

　　"最近都抽不出时间。"男人抱歉地说，露出为难的口气。

　　"他总是这样子，我们见他一面很难的。"助理又忙转过头向天方说道。

　　"是这样子啊！那今天更要谢谢你啦！那么忙还能够抽时间帮我。我这一落地就欠了个人情。"

　　"没关系的，不用这么客气啦！"助理接着说，"不过，多亏了他，要是叫我自己一个人陪你走出机场，我可应付不了，恐怕咱们就被堵住出不来了。"

　　"怎么会出不来？"天方问。

　　助理又转过头睁大眼睛看着天方。

　　"你从身后把我打晕，我晕倒在机场，你再派人把我拖走。"

　　"哈哈！"助理听后立刻大笑起来。天方见助理笑着看身旁的男人，他并没有反应，仍然注视着前方的路，集中注意力开着车子。

　　天方再一觉醒来的时候，已经是转天早上。助理又来了电话。

　　"我的电话被打爆了，接下来要怎么处理？"

　　"昨晚我是怎么跟你讲的？"

　　"我记得，你不想要作出任何回应。可是，现在外面的确追得紧。"

　　"谁在追？他们有什么权利追我？搞清楚，我已经被释放了，

　　　　　　　　　　　　　　　　　　　　梳妆

该缴纳的罚金不是已经缴纳了？你不是已经替我在海关办妥了一切？我还有什么问题？"

"嗯，是。"

"我没有任何想要讲的，包括对你。就这样。"

"好吧，我明白了。不过……"

"不过什么？"

"我还是要劝你能躲的话就尽量先躲一躲清静。"

"不用你讲。"

天方不耐烦地说完最后一句就挂断了电话。看似繁忙告一段落，其实不然，这并不是停靠歇脚的时候和地方，不能停息，继续前行。天方找出一盒面，烧了壶开水，冲了盒泡面，又从空空的冰箱里拿出一小包泡菜，简单地吃了一顿早餐后，换好衣服，匆匆出了门。他像个特务一样，走一路，张望一路，远离了住处后，找到一片计程车等候区，上了一辆车。

好久没有去那座寺了，一番红尘中的短暂游历后，他需要回来稍作歇息与梳理，安放他的心。

大殿里祭拜的人自动形成了一排，天方与他们站在一起，在他闭紧双眼中的世界里享受了半个多钟头，他多想一直这样。没有强烈的阳光直射，也没有血雨腥风吹进，只有这悠然宁静的空气不加干扰地飘在他身体周围，令他不会有一丝动摇，心不是也应该慢慢沉稳了？

突然，他被一阵脚步声惊醒，不由得睁开了双眼。殿里面只剩他自己，四周空空的。天方转过身，是外面传来的声音。天方走到殿门旁，原来外面是在进行每月一次的施舍，这一项活动已经坚持了许多年，今天怎么那么多人？要比平时活动显得热闹了很多。天方站在门旁，要转回身继续祭拜吗？心已经不那么清静了，那就走出去，彻底结束今天的祭拜，可脚步又不那么干脆，一时间他有些进出不是了。

他想想自己今天为什么来这里，助理的话叫躲一躲，还是不要凑到人多的地方。躲到哪里是好？他走出大殿，悄悄地拐到侧面，向殿后走去。后面不见有外人，只有一位小僧在扫地。天方继续在这块地方转悠，忽然一声："施主！"声音从身后传来，天方回过头一看，惊讶地说："住持！"

住持遇施主，二人相互行礼后，住持要将天方请到自己的"办公室"。天方随着住持又向后走了一小段路，路变得越来越静，天方的心又恢复了些清静。前面人多，这后面不是刚好满足了自己的需求？从演出到现在，历经多日的喧嚣与波折，天方刚刚感到了些欣喜，一种被满足的欣喜。住持将屋门关上，屋外空无一人。

天方的心越来越满足，也越来越喜悦，施与被施的世界，令他舒适，和之前的那些世界相比，反复地比，比了又比之后，他确定自己在这个世界中会是快乐的，因为他要行善了，他有个大机会可以行善了。住持在"办公室"中向他讲了整座寺要翻修的计划，希望施主能捐些善款。天方痛快地答应了，离开寺之后便积极地为这次行善做准备。

很快地，两日以后，当他再次来到寺中找住持送善款时，被一位小僧挡住了去路。他被领进了那间大殿。

"请问施主的善款可否登记在功德簿上？"

"可以。"

"请施主写下。"

"我看这上面还是空白，我是第一个捐款的人吗？"

"是。谢施主心系整座寺的命运。"

"住持呢？"

"整日不见外人，许是有大施主的恩赐。"

小僧见天方在功德簿上面登记过以后，不再有话说，对天方施了个礼，将功德簿收起，抱起天方送来的钱，便走开了。

天方等小僧走远后，悄悄地向后面住持的"办公室"走去。走到一半时，被另一位小僧挡住了去路。

"请问施主是来拜佛祖吗？请到前方大殿。"

"我想问，住持在不在？"

"整日忙于寺中事务，一时难以抽身。"

"是这样的，两天前我来祭拜时，见到住持，在他的屋子里，就是后面那间，他向我讲了寺要翻修一事，我答应他捐款，今天我把款送来了，想见见他，跟他说句话。"

"请施主耐心等待，我去去就来。"

"谢谢啦！"

好长时间过去了，天方感觉怕是等不来小僧了，便试着再往里走，他多想亲自走进去见到住持。刚迈了几步，刚才那位小僧便走了回来，一下子又挡住了天方的去路。

"施主久等了。"

"没关系。怎么样？"

"请施主耐心等待。"

"是要我再等等吗？"

小僧点点头。

"大概要等多久？"

"施主需要耐心等待。"

天方决定等下去，因为他想要见到住持，还因为这两天外面风声没有完全过去，正好在这里可以继续躲清静。今日寺中没有活动，又不是周末或假期，相比两天前，人少了许多。在这个极为普通的日子里来寺中的人，他们是更加虔诚，还是空虚寂寞，甚至有所图？天方在一旁看着走进大殿拜佛祖的人们，万千容颜又怎样？人们心中的愿望用几个音符就能表达，用几个汉字就能概括，天方于是从口袋掏出了经常随身携带的小笔和小本，写起了音符和自己认得有限的一些汉字。

潮湿闷热的地方难得吹来一阵风，这风不算凉，不过天方一时感觉很清，是吹远了层层尘埃之后的一种清。这风来得不易，天方在风中继续写着音符。

很快，天方感到脑门又开始冒汗，再一寻味，清风没有了，手中的笔也难以动弹，被出汗的手粘住，笔尖落在纸上也不那么飘逸，整个本子也变得潮湿起来。他收起了笔和本。如果这时候离开寺，走出去寻清风吗？他坚决地认为那样是寻不到的。他要等，继续在寺中等。

天黑了，天方依然在寺中，是躲也是等。清风的确一直都没有再来。还要躲，还要等，坚决不去寻清风。这时，天方忽然听到了声音，是脚步声。这声音不像是僧人的脚步，而是像被海鲜和红酒、牛排和咖啡或是什么油水混在一起压到脚底，又踩在皮鞋上发出的声音。声音离天方越来越近了，人影终于露出了。只见两个男人从里向外走来，天方又仔细看看，后面还跟着僧人，看清楚了，那是住持！被皮鞋声音压着，住持那本就很轻的脚步声此时根本听不到。

天方一直躲在树后，见住持走到大殿门前，将大门轻轻打开，伸手请两位男子进殿，于是，二人轻轻地走进了大殿。之后，住持又将大门关好，站在外面等。天方依然屏住呼吸，静观其变。这么晚了，他感觉那两个人不会在里面待得太久。果然，短短几分钟后，二人从殿内走出来，等在外面的住持关好殿门后，送他们向外走去。又过了几分钟，住持独自一人走回来，沿着大殿侧面的路向后走去。不见住持的身影了，天方才从树后走出来，快步朝寺的大门跑去，一边跑，一边眼观着寺院的围墙。恐怕要翻墙出去了！天方心想着。正当他双眼扫着墙壁寻找可翻越的机会时，忽然见到眼前的那扇寺院大门好像并没有关得很紧，他连忙跑到门前，仔细一看，门居然没有锁。他向四周看看，空无一人，然后轻轻地试着将门拉一拉，门很沉，他用了用力，居然被他拉开了。天方此时转过身，朝大殿的方向看了一眼，他摸了摸自己的头，又闭上双眼，冷静地想过一番之后，他决定，转过身，走了出去，将大门用力关好。

可惜，天方晚了一步，那两个男人已经走远了，天方并没有再看到他们。寺还在这里，住持一定也在寺里。明天再说。

第二天黎明破晓时，天方趁着外面的喧嚣还没升起，早早地来到寺的门口。大门安然无恙地关着，回想起昨晚的情景，他又想再试试这扇大门，于是向前伸手轻轻推了推，大门紧闭着，纹丝不动。与昨晚相比，天方推门时感觉困难了许多。他又使劲推了推，这次他确定大门是紧锁着的。看来只能等到迎接游客的时间到来，才能正式开门。天方索性坐在地上，耐心地等。

游客越来越多，都等在寺门口，他们有的在自己拍照，有的与同伴一起合影留念，一时间寺门口喧嚣了起来。

不一会儿，传来一阵响声，寺的大门打开了，正式接待游客。"施主"们高高兴兴地向里走去，天方也随着这些游人走了进去。和其他人不同，他轻车熟路地沿着大殿侧面的路向后走去，又见到了昨天那位小僧，他上前站稳后对他行了个礼，将昨天的意愿再次对他讲了一遍。

"施主为何今日又来？"

"因为我昨天没有完成心愿。"

"倘若今日仍未如愿，请问施主明日是否再来？"

"是。"

"施主已有备？"

天方点点头。

"施主心已决？"

天方又点点头，说："我决定要见住持。"

小僧转身走了，天方站在原地等待。等到小僧这次回来后，终于请天方随他一起进去。

第八章

来去更匆匆

又一个地方被攻破了，心又无处安放，天方那颗无靠的心里生出了一个地方，当然是那片族群。他顿时感到是时候再去了，也许那个地方依旧地天真隐约，依旧不会令自己无处躲藏。他开始收拾行李，不一会儿就成了行囊。他掂了掂，然后背上肩，突然又放下，这不是行，而是归。他意识到这一点，便不再犹豫，一身轻地启动了车子，准备开往通向族的路。中途，他来到了老旦的家。

"肚子好饿，我们一起弄点东西吃。"天方对老旦说。

"我来煮面，马上就好。"老旦笑着说完，就到灶台前忙活，不一会儿，就把热气腾腾的两碗面摆到了天方面前。等老旦坐下后，天方迫不及待地拿起筷子吃起来。

"老旦，你知不知道哪里有通道？就像二十年前你指给我的那条。"

"附近哪里有什么地下通道？防空洞我倒是知道几处，不过如今那里面跟地上也差不多，可能比地上还热闹。"

"那你就给我挖一条嘛。"

老旦抬头看看他，又默不作声地吃起面来。

"总之，你要让我跑。我是不是早该跑？"

"你要跑到哪里？"

"那要看你的通道挖到哪里。"

老旦想了想，说："你的日记呢？怎么还不念给我听？"

"没有带出来，回头念给你。"

"你都要跑了，我还听什么？"

"嘿嘿！不过你上次不是说没兴趣听吗？"

"回去取，跑时带在身上。"

"嘿嘿！"

很快，老旦的面吃完了，他准备一番后，要出门。

"别忘把我的面碗洗干净。临走时，把屋门锁好。"老旦对天方说完后，走了。

天方大口吃过面，按照老旦说的洗过碗又擦干净饭桌，锁好屋门后，继续前往归途。车子开出城中心后驶在一条林荫道上，这时，手机响起了，是助理。

"喂！"天方一手开车，一手拿着电话讲起来。

"是我。你在哪里？"

"我在车里。"

"哦，在外面，多久才能回家？"

"不一定。"

"我就在你家门口。"

"有事啊？"

"记不记得之前有家医药公司要请你做代言人的事？"

"当然记得。"

"他们还在继续争取，想问你能否再考虑一下。"

"听上去真客气，好像还很有耐心，不厌其烦地问。"

"他们还在等你的回复。"

"你不是已经在替我应付了？"

"我的确已经替你应付了许多事。"

天方一时无语。助理继续说："就像现在，媒体现在不是已经安静下来了吗？"

"是他们雷声大雨点小，还是我本善良？"

"是有一方出面替你搞定了媒体。"

"否则呢？"

"你在这行做这么久了，心里应该很清楚的。"

"我清楚我性本善。"

"谁会相信你善良？"

"我不是有捐善款吗？寺中的功德簿上有我的名字。"

"这是住持亲口讲的吗？"

"对谁讲？"

"不瞒你说，住持根本没有拿你的那一点点善款当回事，因为有太多人都捐助过寺庙，你和他们没有区别。只有能够出巨资修缮那座寺的施主，才能够被寺里认可，才能够有资格被登报宣传。而现在，能够愿意帮助你出这笔巨资的就是莱万医药公司，他们愿意以你的名义捐助这座寺，帮助寺庙顺利完成这次修缮，然后帮你在官方宣传，这样你在社会上就能取得好的口碑，保留好形象。"

"我为什么要靠这些宣传自己？"

"因为你的形象毁了。"

"媒体不是很安静吗？"

"哪里会一直这么安静？就算这些日子安静了，今后，若干天以后，怎么能保证他们会安静？他们不安静，你还怎么安静？"

"莱万是要先给我戴上光环，然后再利用我充当所谓的代言人，这样就会把他们自己照耀得更加光彩夺目。"

"这不是两全其美？"

"谁在和谁美？是你和莱万美，不是我。"

"你是公众人物，不是我。"

"说得对，这是你当公众人物助理的优势，你要好好利用你的优势。"

"总之，这件事我真的希望你能够考虑接受。"

"那我就情愿毁了形象。"

"也包括你的音乐生涯？"

"既然你那么明白，这次，我还是要交给你处理。这个月的薪水已经付给你了。"

助理来的电话挂断了，远方的族又不知是否依旧，天方的车子虽然在行驶，可是心还是没有着落，自毁形象，好比自己堵住了尘世的路，那么只有接着去行，接着寻归。

那片族依旧在，此时，又来了两位陌生人，他们是佳宾航空公司的瓦娃和伊佩尼。二人此次来访的目的明确，是要找到希娴，请这位昔日的员工回公司继续工作。二人走进陌生又人烟稀少的村中，按照之前的计划，先去找首领。

按照范克的吩咐，伊佩尼事先找到熟人工会主席并询问出当地有个村镇联盟办公室或许会帮上忙。他又去了隔壁的村镇联盟办公室，亮明身份，说明来意后，办公室的人说这事要先征得族长的同意，再请他帮忙找到要找的人。可是要见到族长谈何容易，说是只能等到族长来办公室时才能见到他。

其实上次莱万医药公司也是通过办公室找到的族长，可发生了那样的事情后，族长就跟办公室打过招呼，不要透露族中任何人的信息，也包括族长的居住地。要想打探，先告知族长并经过同意才能够进入族中。

希娴的手机又多次打不通，二人干脆直接来族中碰运气，总会打听到的。

安静的村子见不到人，二人走着，伊佩尼带着瓦娃走到一处站住了，对她说："这个位置就是我第一次来时碰到我们那位女空乘的地方。"

"真的？那我们是不是假设这里离她住的房子不远？"

"可以这么判断，不过并不能完全确定。"

"她一个人，也没背着什么东西？"

"没有，那天她和我说完话，一溜烟地跑了，再也看不见，就像消失了一般。"

"你还记得她朝哪个方向跑去吗？"

"那边，可我当时身处树林中，看不到太远的路。"

"看来我们只能凭直觉，走一步看一步。"

就在两人准备朝着大概能辨认出的方向走去时，瓦娃的手机响起，她连忙接通："喂！"

"还在寻找？"

瓦娃听后一愣，对方是谁？怎么会知道自己在干什么？她一时不知怎么回应。对方继续说："村子的东边有一处房子，大屋檐，石头的。"

"你是说那房子里面住的是……"

"是他们的族长。"

"喂！喂！"

电话已经断了。

瓦娃告诉伊佩尼刚才的通话内容后，伊佩尼高兴起来，"终于有线索了。让我来看看哪边是东。"伊佩尼说着，打开手机中的指南功能辨认起来，"你看，东，应该是这边，我们要朝东走。"

"等等。"

"怎么了？"

"伊佩尼，请你用手机拨打我的电话号码。"

伊佩尼打通了，瓦娃自己的手机马上响了起来。

"你看，这里面是有信号的，手机可以正常使用。我刚才不是接到了电话？你又拨通了我的电话，我再拨一下你的手机号码。"

只听伊佩尼的手机铃声立刻响了。

"你看，拨你的电话也通了。"

"你是说，女空乘的电话始终……"

"始终没有打通。我们部门的助理一直在用电话找她，她说，对方既不是关机，也不是无人接听，而是没有任何声音，就像没有信号一样。"

"所以，我们才亲自来寻找她。"听到这，伊佩尼明白了些来龙去脉。

"是啊！可是，我们的手机在这里都是可以接通的。"

"现在我们去找族长，找到他，一切就会迎刃而解。"伊佩尼明确地表达出自己的建议。

"你觉得这说明什么？"瓦娃问。

"你是怎么想的？"伊佩尼反问瓦娃。

"我想她本人一定是不愿见我们，也不愿意再回去继续上班。"瓦娃说出了自己的猜测。

"那我们更要去见族长，和他谈谈，通过他帮助我们找到她。"伊佩尼坚持自己的看法。

"如果见到了族长，你认为他会帮我们吗？"瓦娃问。

"我们也没有恶意，无非就是请我们公司之前的员工重新回去上班而已。"伊佩尼说道。

瓦娃没有再说话。

"不过，让我想想。"伊佩尼语气突然转折了。

"怎么了？"

"你知道的，我们客服中心离这里不算很远，前两天，我曾经去过一趟村镇联盟办公室，想问问他们能否帮上我们，可是，办公室的人对我说如果要找村里的任何人，都要先经过族长的同意。"

"是这样。"

"我问，如何才能见到族长？"

"办公室怎么说？"

"他说要等到族长什么时候来办公室，才能见到他。"

"我从没来过这里，对这里一点不熟悉，不过我一直感觉他们不愿意随便见外人，伊佩尼，你是不是也有同样的感觉？"

"是，现在想想是有一点。"

"我们这样会不会显得唐突？万一他们……"

"刚才那个电话会是谁？"伊佩尼问道。

"我不知道，来电时没有显示出号码。"

"天啊！"

"伊佩尼，我不是在故意拖延时间，我只是要仔细想想这件事。"

"当然，我们要想清楚，然后再做决定。总之，我今天就是协助你来完成工作的，一旦遇到危险，比如说你被打了，我会立刻上去保护你，然后把对方打跑。"

"哈哈！别忘了，这里可是人家的地盘，我们两个是外人。"

"听上去好像我们今天就要被族里的人对待一番。"

"我们要保持礼貌与友好，然后表明我们的来意，让他们看出我们是善意的，不是在撒谎，从而取得他们的信任。"

"嗯，对。"伊佩尼点头同意。

已经接近傍晚，天方终于找到了族，它模样如初。天方的心中不禁生出一阵喜悦和踏实。不要高兴得太快哦！天方转念一想，又忽然提醒起自己。他见到村口还停着一辆汽车，这车虽然很常见，可停在这里时，就像一枚重炮对准村子。天方忽然又不踏实起来，将自己的车在另一旁停好，与"重炮"保持距离，区别开来。他走下车后，向村子里走去。身后的车子仿佛一匹奔跑多年的马，望着当年偶遇过的那个短暂栖息之地，眼中布满回忆。

村子还是那样寂静，还是有鸟语，还是有山林和溪流。天方慢慢走着，这时，只见迎面走来两个人，一男一女，天方仔细看看他们的模样，好靓！这不是写字楼里的公关吗？穿得这么职业，难道是来漫步时光？天方想到了村口的那辆车，不会是他们开来的吧？他们到底是来做什么？天方本想在这片寂静的山林中上前和他们打声招呼，可是想到这些日子以来自己身边发生的一切，又止住了。他一直默默地观察着他们，并且尽量不让他们看到自己。突然，只听那女子一声尖叫，而后便蹲下了，接着，一只大鸟掠过女子的耳根迅速飞远了。那女子摸着自己的耳朵，一副疼痛的样子，显然是被族中的大鸟的嘴伤到了。天方突然想起了多年前自己在这里也遇到过大鸟，它们的确很危险，尤其在对待不怀好意的陌生人时。不过自己当年并未被它们伤过，不像今天来的那女子。直到他们走出村口，果然一起上了那辆车，不过在上车之前，他们也如天方一般好奇地看了看停在一旁的车子。开车的是那个男的，女的坐在他旁边，车子毫不犹豫地开远了。

瓦娃让伊佩尼把自己送到当地的佳宾环球语言学校，与他告别后独自一人下了车，迫不及待地要去见校长。

"爸爸，事情就是这样，我一定要找到她，请帮助我。"瓦娃与当校长的父亲焦急地说完事情的来龙去脉后不停央求着。

"我还是听得不够明白。难道这件事情真像你所描述的那样简单？"

"哦，爸爸，请相信我，我做的事情都没有错，更不会连累到你。"瓦娃抚摸着刚刚被刺痛的耳朵说道。

"你先冷静一下，让我想想办法。"

"你们算是师生，不仅如此，你还是她的推荐人，为她进入职场助了一臂之力。爸爸，你如果开口让她回公司继续工作，我想这是再合适不过的事。她也应理所当然地听从。"

"想得简单！我们和人家现在没有任何关系。哪里来的'理所当然'？"

"爸爸，你为公司效力了几十年。我对你有信心，请你也对自己有点信心！"瓦娃边说边眨着眼睛，黑珍珠般的双眼此时已经变成了两颗黑宝石，露出强烈又坚硬的光。

校长一时说不出什么，咳嗽了一声，问道："还需不需要创可贴？"

"一贴足够了。爸爸，我很忙，今晚就要飞回公司。问妈妈好，下次我再来看她。再见爸爸！"

天方继续在这片土地上走了走，没有很大变化，凭着印象，他找到了当年族长的屋子。依然是那个大石头房子，牢牢地伫立在村东。天方不禁走上前去，敲了敲屋门。屋子里面有人说话，天方听不太懂，可屋门始终没有开。这时，天方突然想起来，当年族中人是从来不会这样敲门，像自己这样敲，只能被屋中人认为是陌生人。他抬起头，望了望这傍晚，想到即将来临的夜色，便清了清嗓子，对着天空唱了起来：

"月亮来了，夜莺笑了，你说这夜美不美？"

屋门开了，走出了人。

"月亮来了，夜莺笑了，你说这夜美不美？"屋里走出的人和他对唱起来。

歌声过后，二人都笑了，天方被请进了屋。

"你这样回来，让我一点准备都没有。"族长喜出望外地对他说。

"都回来了，还要准备什么？"

天方说完，笑了笑。

"你怎么一个人回来？"

"从这里走后，我一直都是一个人。"

"你还唱歌吗？"

"我刚刚不是还在唱？"

"她应该认得出你。"

天方听后，抬起头看着族长。

"你在外没有见到过她？"

"你是说……"

"Mu。"

"她不在这里？"

族长摇摇头，"她走了，生下孩子后就走了。"

"你是说她生下了希娴？"

"生了一个女儿。"

"她是不是真的叫希娴？"

族长点点头。"前几天，我刚刚把那个木盒子交给希娴，在Po 面前给的。"

"Po，是 Po 带大了希娴？"

"希娴一直在 Po 身边，Po 的身边只剩希娴。"

"我……是不是可以见希娴？"天方终于忍不住激动，问道。

"今天是怎么了，都来见希娴。"

"什么？"

"在你之前，刚来过两个人，说是希娴原来公司的同事，要请希娴回去上班。"

"哪家公司？"

"佳宾航空。"

"哦，做什么？"

"空乘，原先每周都要飞。"

"她现在不做了吗？"

"嗯。"

"为什么？"

"Po 离不开她了。"

"族长，能不能让我见见她们？"天方再次央求道。

"今天晚了，你就睡在我们的铺上，明天我带你去见她们。"

天方被族中这气息笼罩着，他逐渐享受起来，也包括族长，还像多年前一样。他欣然同意族长的安排，在屋中专为客人准备的床铺上休息了一夜。

第二天清晨，当他醒来时，发现整个大石头房子里只有他一人，他起来后向屋外走去，见到族长的媳妇在屋外干活，他问道："族长呢？"

"他一早出去了。"

"什么时候能回来？"

"说不好。昨晚你睡下后，村子里有一户人家出了点事情，今早他就出去了。"

安稳地睡了一夜的天方，此刻已经迫不及待了，他的脚有了力量，迈出门，不顾饥饿，凭着保留的记忆，自己去找。

走着走着，忽然手机铃声响起，怎么在这里还有信号？真是斩不断的红尘！天方心里恨恨地说。他毫不理会那铃声，继续走。一路上也见袅袅炊烟，也见人儿走动，像是这古老的族在对他诉说故事，吟唱轻曲。然而，当他终于见到那座眼熟的木房子时，他感觉周围瞬间安静下来。自己的故事又要上演了，观众们屏住了呼吸。

他欲抬手敲门，又止住。一番挣扎后，他多希望此时房子里能有人出现，替自己打破这尴尬与挣扎，可是没有人，仍然需要他自己来打破内心的这份挣扎，这也许是族对他的考验。于是他鼓足勇气，抬手去敲木门。屋内没有任何动静，他知道木门是可以推开的，要去推吗？他又犹豫了。四周怎么那么安静，整个族依然像屏住呼吸，睁大双眼在望着天方。天方觉得族是在等待他的行动，他于是又有了力量，一使劲，推开了大木门。

"有人吗？"天方问了一声。

一切都和屋外一样，没有动静。不过，对声音敏锐的天方忽然感到有呼吸，微弱的呼吸。他又继续向里屋走，这下，终于见到了，一位老人静静地躺着。他轻轻地走近她，仔细辨认着她的脸，试图再多抽出一些留存的记忆，抽长一些，再长一些。他好像能够认出她了，Po！是希娴的外婆！

手机铃声又突然响起。天方怕吵到 Po，赶紧向屋外走，把门关好后，跑到了稍远些的地方，接起了电话。

"喂！"

"你好天方，是我。"

"律师大人，好久不见。"

"最近很忙吗？"

"还好。"

"我想要约见你的话，有没有时间？"

"有事情？"

"是的。"

"我不在家，一时也回不去，有什么事电话里讲就可以。"

"那好吧，事情拖久了对谁也没有好处，我就尽快对你讲了。"

"请讲。"

"我恐怕要终止为你服务，不做你的律师了。"

"我不善于过问别人的私事，我只想问是由于私人原因吗？"

"也是，也不是。"

"你不做我的律师，不是你不想做而是你不得已，我这样讲对吗？"

"我既不想做，也不得再去做。"

"明白了，我同意。"

与律师结束通话后，天方的心还是被震动了，昨日在来的路上与助理通话后，他预料到身边会有些反应，今天当它真的来到时，他还是有些震惊，即使此刻身临这偏远的村落，风景自然又旖旎。他往那屋门看了看，等不到人，于是回头向村口走去。他启动了车子，不管车子是否很情愿转头，他还是沿着这唯一的路把车开走了，凭来时的印象他找到了路边的一家小店铺，下车后，走了进去。

"有没有今天的早报？"

店里的小伙子递给他一份，他迫不及待地快速翻阅了一遍，接着问："还有没有昨天的晚报？"

小伙子找了找，说："卖完了。"

"请问这条路上还有没有卖报的？"

小伙子摇摇头。

"那么你知道在这里怎么样才可以上网？"

"我店里就可以。"

"真的？"

小伙子带他走到里面的墙角处，果然摆着一台电脑，他为天方打开了页面。天方看后笑了，对他说："谢谢！我想用一下。"

坐在小凳子上的天方快速浏览着各个标题。到目前，不管是报纸还是网页，凡是能够映入眼帘的区域里已经没有了关于自己的旧热消息，新的热消息也还没有出现。虽然没有，可天方感到更加不适，他不知道举到自己头上的重锤什么时候落下，砸向自己。越是不急着落锤，越是会酝酿出更大的气力、更不堪的后果。想到这，天方双手抱住头，又搓了搓脸，不禁发出叹息。他回过头，冲小伙子问："怎么收费？"

"按分钟计算。"

梳 妆

天方听后心想，自己的叹息也会被计入费用，还是不在这里叹了。他交过早报和网络费用后，走出店铺，上了车。是继续向前开，还是掉头回村里？他犹豫不决。

希娴回来了，她走到门前，发现屋门有缝隙，她感觉有人来过。她向四周看了看，没有动静，是谁来过？她推门进了屋，看到屋子里安然无恙，便去为 Po 煮饭。她的手机一直被她搁在那晚族长亲手交给她的盒子里，任凭它有声或无声。

天方仍然坐在车里，犹豫着是要面对有声的世界还是归去到那山林中。他还没有见到希娴。难下决心时，手机又响了，陌生的号码。

"喂！"天方先说道。

"你还活着？"

"老旦！"天方听出了那熟悉的声音，不禁叫了一声对方。

"找到通道了吗？"

"还没。"

"看来还没跑远。"

"老旦，当年我们没有一起跑，现在，我俩能不能一起跑？我们一起跑！"

"听着，现在，要么，你抛弃身上的一切，找条路赶紧跑；要么，带着你身上的一切，赶快来换我；要么……"

"老旦！老旦！你怎么了？你在哪里？"天方像是预感到了什么，大喊起来。

"要么，我们……"

"同时跑？"天方接过对方的话，说道。

"同归于尽。"这是另一个人的声音，分明是抢了老旦的话。这声音好刺耳，刺痛了天方的耳朵。

天方决定了，忙把车头调回，开着车回到村口，把车停好后，快步走下来，向村子里跑去。他又来到了那座木屋前，屋外还萦绕着阵阵轻烟。天方走近屋门，只见一个面目熟悉的女子正在忙着烧饭。身段和当年的 Mu 是那么像，天方断定这就是希娴。

他向她打招呼："你好啊！"

希娴听见有人说话，忙回头，问："你是谁？"

"我是族长的朋友，来找族长，不过他出去了，我自己就在村里走走。"

希娴听后冲他笑笑。

"见你烧饭觉得好香！我能不能和你一起吃？"天方心急又不加掩饰地说出自己的心愿。

"好。"

天方强忍着内心的激动，面带微笑地吃着希娴为他盛的饭。除了饭香，屋内还飘着一股浓浓的药味。吃着吃着，天方忽然听到一阵声音，他于是四处看了看，突然看到了一个木盒子，又是那么熟悉，他仔细看了看，正是当年自己临走时留给族长的木盒。昨晚和族长聊天时，族长说过已经交给了希娴。这时，只见希娴走向药锅，带上一副防烫手套，双手把药锅从火上端到一旁。然后摘下手套，走到那木盒前，打开盒盖，拿出里面的手机，按了两下，将闹铃声关闭，又将手机放回盒子里，盖紧了盒盖。

"药煎好了？"天方问道。

"还要继续煎。"希娴边说边向墙角走去。

"你把手机放在盒子里，万一有来电怎么办？"天方又问。

希娴摇摇头。

天方心想，她摇头是什么意思？不想接还是不能接？他又忽然想起昨晚族长说过，航空公司要让希娴回去上班。难道电话是那公司打来的？他忽然低头看见希娴长裙上沾了些泥土，露出的脚踝也沾满了泥土。

"你刚才是不是去干农活了？"

"我去采了些花果。怎么？你刚才来过？"

天方没有回答她，扭头看到墙角摊着一堆东西，一片大大的绿叶子上躺着好几朵白色的小花，花瓣很小，有些微微张开，对世界露出笑脸，有些仍然像骨朵，有待开放。天方感觉那些含苞待放的花骨朵更有一番味道，里面一定含满了蜜水，香香甜甜，令人馋涎欲滴。大叶子还托着若干个小圆果，它们被摆放在小花旁，个个已经成熟开裂，露出诱人的果肉。

"那些就是你采的？"看得有些入迷的天方问道。

希娴点点头。

"摆放得也蛮好看的。有叶，有花，还有果。"

本想要把圆果拿走，听到天方这样说，希娴便停住了手，让他这样着迷地看着。

本还想再说下去，可没有太多时间了，天方吃过饭后，和希娴简短地告了别。

"我想我还要回来，问你外婆好。"

希娴似懂非懂地点点头。

"对了，我能不能拿走这些花果？"

希娴摇摇头。

"怎么？你不肯？"

希娴不说话。

"把叶子留给你。"

希娴依然不说话。

"你看，你房子里这些家用电器，肯定都是从外带进来的，现在我一个外人要从你这里带走些花果留做纪念，你怎么不同意？"

"我要先去问问他。"

天方一时也猜不出希娴说的是谁，又有些好奇。

"好啊，那么你帮我去问问。"

希娴就要往外走。

"喂！你要出门吗？"

希娴点点头。

"你去找谁？"

"去找他。"

天方看看时间不早了，说："既然这么麻烦，那就不必了。谢谢你的午饭。我走了，再见！"

希娴见天方要走，才对他解释道："这些是我的心意，是要给 Po 煎成药的。"

"好，拜托你保护好叶子，让它一直绿下去。"

两手空空、步履匆匆离开村子的天方又启动了车子，直奔那里，去找老旦，去扑红尘。

第九章

红尘中现直觉

刚刚吃过午餐正在办公室喝咖啡的莱万医药公司市场部经理，回想着昨天天方助理反馈来的情况，天方的意思仍然是让助理来处理这件事。哼！要不是个音乐人，这会儿，他早已经被捏在莱万的手下，并且牢牢被控制住，他要毫不犹豫地为莱万做事。如果他不肯，那么他的负面消息早就会满天飞，职业道路被斩断。可是对待这个音乐人，总经理提醒过不要千篇一律，所以才拖到现在，成了这种局面。现在，反倒有点被对方踢过来皮球，要接吗？怎么接？

他喝了一口咖啡，又想了一遍局中的其他要素、中药商、族、族中的药铺、开药铺的男子、那边的码头、从码头通往市区的药铺、这边的制酒作坊以及音乐人天方。药铺男子和音乐人，这两人还没有弄出什么结果，真是比寺里的和尚还难搞！

再找个机会见总经理向他汇报进展以及取得的阶段性成果。他放下咖啡杯，向总经理发出了早已写好的邮件，市场部要请求技术支持以便更好地开发中药材市场。这一点可以成文，而其他的情况，还是口头跟总经理去谈去聊去汇报。不过，这次他要等着总经理找他。他十分有把握总经理会找他。

果然，五分钟后，总经理就来了电话。

"总经理！"

"有情况要讲？"

"总经理，请求技术支持的原因我就不再重复和您讲了，给您的邮件里面已经做出了详细的说明。我是想说，针对那个族，它当然也算作我们所要开发的市场之一。"

"其他市场情况怎么样？"

"目前，城里及周边的私家工厂正在热火朝天地制作药酒，他们的订单不断，客人订购一批药酒从生产到发货三周就好。工厂的数量以及他们的产量是让人放心的。所以，我们接的中药材订单也源源不断。"

"听你这么讲我很放心。"

"谢谢总经理对我们的信任。"

"船运情况怎么样？"

"跟我们签约的中药商人很踏实，目前的业务运转得很顺利。第一批货已经送到了该送的地方，也包括刚刚和您讲的那些工厂里。"

"听上去你们做得真是不少，甚至超出了市场部门的工作范围。不过，这个项目我们还是保持这样的沟通方式是最好的。"

"当然，我很理解。我会一直和您一人保持联系。"

总经理不再说话了，他便主动问："总经理，我想问一句，空运业务情况进展得怎么样？尤其是橙山机场那块。"

"你们都知道啦，股东会有开过，总体看，情况还算乐观。"

"这是个接近族的机会。"

"我之前和你讲过的话，你怎么想？"

"您是说音乐人和中医？我们会做周全考虑的，请您放心。"

"族群呢？"

"我明白您的意思，特殊群体，我们谨慎对待。"

"一定谨慎。有情况随时报给我。"

"好。那技术方面？"

"其实一直有支持。"

"总经理，我们需要中药材开采方面的专家以及专业的中医师，当然最好还有明了的政策支持。"

"几代人的岁月里，我们和中国在这方面的正式交流虽然有，但并不充分，总有些适可而止，甚至是防范的态度。有利的政策更是寥寥无几。当然，这需要双方都要做出努力，不管哪一方，一厢情愿总是不能够前行。指望官方制定出更好的中药材开采政策，我们这代人不抱希望。"

"之前一直也有和别国做交易。"

"那不是莱万做的。我们之前这项业务是空白，现在需要开拓并征得它们。"

"采药专家和医师……"

"除了政策得不到，其他的都在当地可以挖掘。"

"总经理的意思是我们可以继续跟进那个族？"

"抓住一切可利用的。"

"明白。对于族中的药铺男子和那个音乐人，我们是继续保持耐心，还是尽快解决？"

"目前正是情况最焦灼的时刻，我们还要耐心等待。"

"总经理，我并不觉得这是莱万一贯的行事风格，耐心也要有个限度。我们还要等什么？连寺里的僧人我们都能轻松搞定。更不要说海关的官员、律师行里的律师，这些我们统统都拿下了。"

"所以我们要从他们的，怎么讲，下手。"

"他们的师傅？他们的祖先？还是他们的爹娘？"

"不错，我们的股东亚利叔正在对付。请耐心等待。"

天方终于赶回来了，直接闯入莱万医药公司的大门。

"我要找你们的总经理。"

一阵阻拦后，总经理竟然亲自下来了，领着天方上了楼，来到自己的办公室。

"我们的身边的确有你认识的人，也是你要找的人。"

"都有谁？"天方感觉对方不想回答他，继续喊道，"我要看看都有谁！让我看看！"

"你要见谁？"

"律师，今天早上刚刚跟我提出辞职的我的私人律师。"

"他的确被我们邀请来过，不过，他还是带着不妥协的协议走了。"

"助理呢？多日以来一直在吃里爬外的我的私人助理。"

"她就在这一层的公共办公区里。"

"好像她应该主动来见我。"

对方听后，拿起电话，说："喂！请把那个助理叫到我办公室里来。"

助理刚一走进办公室，天方把门锁好，一拳就把她打倒在地。总经理刚要上前去劝天方冷静，天方一转身，又一拳把总经理打倒在地。外面没有动静，是自己把门锁得太严实，还是外面的人太木讷？天方仍安然无恙地站在办公室，于是为倒地准备奋力爬起的二人每人又送上一拳。这下两人彻底瘫在地上动弹不得。天方转身准备去开门，身后传来总经理的声音："还想要见谁？我

梳妆

可以帮你找到。"

"你不配。我根本不是来见你，也不需要你的帮助。"说完，天方打开办公室的门，扬长而去。

天方当然要去救老旦。他刚下到一楼，几个人就把他绑到了停在门口的一辆车上。

"是不是要带我去见我要救的人？"

"我们按照老板的吩咐去做。"

"太好了！这下省得我自己去找啦！"

天方说完，哈哈大笑起来。

车子开到机场附近一个偏僻的地方，四周静悄悄，没有人。天方被带到了一个破旧库房内。迎面坐着个老头，头戴一顶帽子，帽檐遮住了全部额头，双眉不见，双眼也只隐约地动着，隐去了凶狠，隐去了贪婪。破旧空旷的库房中只堆着些废木箱子，七扭八歪的，老头竟坐在一把上乘的原木椅上，脚前放着一捆绳子，被他紧紧踩着，看来他是有备而来，恭候多时了。

"跑了，终究会回来。欢迎你回归。"

"回什么回？这又不是我的家。"

"你的家在哪里？"

"要你管？我要见的人呢？"

"我们的总经理刚给我打过电话，说我这里有你要见的人，还求我让你见见他。我说，那就让他来吧，他就派人开车送你过来了。怎么样？我们对你是不是很周到？"

"我要见的人呢？"

"你怎么自始至终连声谢谢都不说？"

"要我谢你们？"

"天方先生，要不是我们的通融，你能顺利被海关释放？要不是我们的耐心，你现在还能如此自由？"

"我自由？还是你们给的？笑话！"

"天方先生，既然我们见面了，就好好谈谈。之前一直邀请你做的事，考虑得怎么样？"

"如果你今天能顺利放了他，并保证今后不找他的麻烦，我就跟你们谈。"

"当年是他放了我们要的你，我怎么能再饶恕他？何况，这次是他主动来见我。这么多年我找你们找得好辛苦啊！他居然主动找上门来，要跟我谈判。这不是来送命吗？就该成全他。"

"不！当年……当年是我偷偷跑了，任何人都不知道。"

"我不关心这个。总之，你们耍了我。"

"他人呢？我要见到他。"

"他根本不在这儿。"

"贼！你们这帮贼！"

老头用力一踢，绳子携着裸露出的凶狠与贪婪飞到天方身后，被人接到手。天方立刻被绑了起来，拉到一边。

老头及手下所有人走后，天方越想越糊涂，又感觉好像越来越清醒。老旦，老旦在哪里？他是谁？难道是他骗自己过来？是他和莱万串通好了吗？那天大街上偶然碰到他，是不是被设计好的？要是这个推断成立，那么自己和他讲过的私事是不是也被告诉了莱万？想到这里，天方情不自禁地撞翻了一个大木盒子，整个仓库一声响，自己也摔得七扭八歪，连滚了两圈。一股激动过后，天方又冷静下来，自从老旦出现至今的所有景象在他脑海中重新过了一遍。他为什么要背叛自己？如果真的是那样，就只有一个理由：他也被莱万一方威胁住并掌控了。可是，凭他的为人以及和自己的关系，难道他真的做得出这样的事？他也许是无奈或一时抵抗不过。再等等，也许事情会出现转机。

梨古见房东今日不忙，正坐在屋里烧香，于是敲开了门。

"我心里算过，你今日要来，果真你就来了。"

梨古听后笑笑说："周末好！虔诚的女人，你能不能帮我也算算？"

"要算什么？"

梨古站在她身后，看着那炷香说："天黑下来的机场会发生什么？"

虔诚的女人背对着她，一动不动。

"我的总经理除了开会以外还做过什么？"

虔诚的女人一动不动，屋内轻飘着烟。

"他在退休之前还要去做什么？"

"什么？"女人终于开口，"他要退休？那么，你是他的秘书，你，你不会也要退休吧？"

梨古不作声。

"算我发善心，房租减半，好吧。"

"你这样讲，我怎么好意思，该不是要赶我走？"

"如果我房租减半能留住你的心，我情愿。可你能否心甘情愿地继续住下去？"

"我不是一直在你这里住着？难道我有表现得不情愿？"

"你的心里有那么多事要让我算，就是要搞清楚，探个究竟？"

梨古一声感叹："好难！"

"你一直和我要好，还和我讲过心事。我记得你刚来时，对我说过，你从家里出来是要……寻人？"

"寻人比寻事容易多了。"

"怎么？你找到要找的人了？"

"嗯，早就找到了。"

虔诚的女人始终未转身，此时她不再说话，一心面对着香火。梨古并不想再打扰她，悄悄地走了。这时，只听屋内又传来声音："人心叵测，世间模糊，恐难以算出世事，我真遗憾又爱莫能助。是走是留，忠于内心。愿你心想事成。"

周末的下午，梨古又约见了总经理，仍是在他的办公室里。

"总经理又在加班？"

"是。找我有事？"

"今天是我约见你，见面地点是在你的办公室里，所以我要尽地主之谊，点了咖啡和甜点。我们就当在咖啡厅里一样。"梨古说着，把从咖啡店买的一大袋东西摆在办公桌上。

"什么逻辑？别那么啰唆，有什么事直接说吧。"

"总经理，我要对你说，佳宾航空有问题。"

"当然，如果没有问题，航线怎么会被其他公司收购。"

"总经理，佳宾航空有内鬼泄露秘密。"

"这还真不算个问题，这就如同药酒一样，越是非法，越是泛滥。"

"总经理，佳宾航空有负面消息被网站登出。"

"还不是一样，不是内鬼就是外贼。"

"总经理，能不能弄清问题，抓到他们？"

"佳宾航空是个要营利的公司，不是办案子的警局。你我是领公司薪水生存的职员，不是领着俸禄的公职人员。除非……"

"除非什么？"

"除非是公职人员迫于生存，查办案子。难道他们还真能够出于……"

"出于什么？"

"怎么？你是不是要去官衙里当面问问？梨古，不要那么幼稚。"

梨古转身走了。总经理看着她的背影，念叨了一句："女人真是不怕幼稚。"然后，低下头继续工作。

周一上班时，总经理得知梨古请了假，没有来上班。他仔细想了想，觉得慌张。她既然能够亲自投诉自己履职的公司，就能够亲自检举，只要她拿到了足够的证据，甚至……他不敢再想下去，拿起了电话。

"你好！我是佳宾航空亚洲办公室的雷尼。我有重要的情况向公司汇报。"

"请讲。"

"不论这些情况公司是否已经清楚，我作为亚洲区办公室的总经理仍要汇报。我们公司客服中心的一位总监一直以来有出卖公司商业机密的行为，证据确凿，我与他的上司都非常肯定这一点。他因为不满公司对他的工作岗位、工作地区等方面的安排，所以一直企图报复公司，前一段时间网络上出现的关于公司的负面消息就是他亲手操作的，当然并不排除他是被利用。还有，此时此刻，与他勾当的要收购我们的莱万医药公司正涉嫌操作一起绑架事件，目前被绑架的人正在受到生命的威胁。"

"好的，情况已知。"

"公司是不是认为我很幼稚？我们这样的确有些幼稚。"

"是谁在和我公司内部人员联系？这人的具体情况知道吗？"

"当然知道，是莱万医药的元老，也是股东之一，在收购佳宾航空部分航线这件事上，他们内部好像有些分歧，加快收购和暂缓收购两种意见，分别来自两个元老。之所以这样，是那股东和我们公司的客服总监个人之间产生分歧，无外乎是在利益分配方面。不过，我要说，我们亚洲区办公室一直在依照总部的要求积极开展工作，努力进行着收购这项业务，并没有因为发生的那些情况而耽误。"

　　梨古独自去了警局，接待的警员便开始询问她的来意。

　　"我要报告。"

　　"发生什么了？"

　　"莱万医药公司有不法行为。"

　　"证据呢？"

　　"我凭直觉，感到那家公司做了非法的事。"

　　"女士，请你不要乱讲，没有真凭实据地乱讲，是要负法律责任的。"

　　"我要凭直觉报案。"

　　"女士，请问你叫什么名字？在哪里工作？有没有亲属？"

　　"我叫梨古，目前在佳宾航空公司工作，我独自一人。我有很多直觉，如果有需要，我愿意提供给警局。"

　　"女士，请稍等。"

　　警员站起来转身走向里屋，汇报过情况后，马上查出了佳宾航空的电话号码进行核实，然后将情况讲明，并要求公司派人来接走梨古。当他按程序办妥一切后再走出来时，梨古已经不见了。

　　又一次地，梨古违背了生存法则，做出了与生存背道而驰的事。

佳宾航空公司的人力资源部女经理瓦娃步履匆匆地走来警局。

"你好！我是佳宾航空公司人力负责人，我们公司刚刚接到了警局打来的电话，通知我们来接一位公司员工。"

"那人叫什么名字？"

"梨古。"

"她已经走了。"

"已经走了？"

"是。我们让她等公司的人来接，这会儿再出来一看，人就不见了。"

"哦，知道了，谢谢警官，真是给您添麻烦了。"

"不客气，还有其他事吗？"

"没有了，再见，警官。"

瓦娃走出警局，直接往回走，走到公司楼前的街心公园时，她围着公园转了一圈，并没有及时回公司，而是走到了佳宾航空公司对面的另一座大楼前。她快步走进一楼大厅，直奔电梯门，只见电梯门前站着个人，仔细一看，是梨古！

"梨古！你怎么……你在这儿，我果然在这里找到你了。"

"果然在这里找到你了！"梨古重复着对方的话。

"我刚从警局回来。"

"我也是。"梨古再次重复着对方的话。

"你怎么不回公司？"

"那你呢？"梨古反问道。

"我们一起回公司。"

"这明明就是公司。"

"可这是莱万医药公司。我想，我们还是一起回佳宾航空，警局的人不是通知到我们佳宾航空了吗？"

"没这个必要。我想，你我还是各奔东西。"

梨古出门后，继续等待夜幕降临。时间要足够晚，夜要足够黑，这次她不是去机场，而是去了市区内最大的夜总会。在夜色到来时，她走了进去。

"需要点什么？"

"我需要人，哪里人最多？"

"夜场 A 厅。会员卡？"

"我直接支付。"

梨古支付完费用，跟着招待向里面走去。她被领进了场。招待干脆的动作让她生出了工作的状态，她也随着干脆起来，就像白天在公司上班一样。里面的摆设奇形怪状，她看出了一款沙发，也看中了这款沙发，于是便走到沙发前坐了下来。

不用费心，几秒钟后，就来了一位年轻男孩。

"小姐，需要聊天？"

"需要，你陪我？"

"好啊！"

男孩立刻在她身旁坐了下来。

"你手里的那个，我点两杯。"

"好啊，马上就送来。"男孩说着，朝吧台那一侧举起了手中的杯子，另一只手比画了两下。

"来这里散散心？"

"是。"

"那一定是遇到不开心的事了？"

"是。"

"不会是因为男人吧？"

"是。"

"姐，我可是来帮你的哟！"

"你怎么那么紧张？"

"因为我是男的嘛。"

"你是怕我像母狮子一样冲你咆哮？"

"有一点。"

"放心，不会的。"

这时，梨古点的那东西送来了。

"放这里好了。"

梨古拿起其中一杯，对男孩说了声："干杯！"男孩忙放下手里的杯子，拿起梨古点的这杯，和她碰了一下。男孩的嘴刚沾到酒，突然离开了，梨古刚要喝，见他这样子，忙问："怎么？酒不好喝？"

"姐，我可没有要把你当成母狮子的意思，我没这个意思。"

"你这个男的可真是……"

"怎么？"

"太婆！"

"不要嫌我烦嘛，我可是来帮你的哟！"

梨古并没有喝进嘴里什么，把杯子放下后，整个后背靠在沙发背上，叹了口气。

"我是他的歌迷，我十分想亲眼见到我的偶像。"

"姐，你来是为这个？"

梨古点点头。只见男孩一拍大腿，兴奋地说："姐，全亚洲的歌星，随便你说出谁的名字，我赌他们一定会来过我们这儿。"

"你好大的口气，怎么不说成全世界的歌星都来过？你这样讲可要小心！"

"姐，我看应该小心的是你。你说我口气大，让老板听到，他可会不开心哟！"

"管他干什么？我是来消费的，他怎么还会不开心？"

"不好意思，姐，叫你不开心了。"

"你既要让我开心，也要让你老板开心。"

"姐，不妨告诉我他的名字？我可以帮你找找看。"

"'找找看'？听着像是找不到。"

"姐，可以找到的，只要你愿意。"

男孩凑近梨古，举起一只手冲她比画了一下，又立刻把手放下。

"这些就够了？"

"足够。"

梨古只待这么一小会儿就有些状态出现了，招待们像是中国电影里的剑，是亮眼的，是干脆的，是利落的，是锋利的，也是冰冷的。也许握起来还会是沉重的，也许是根本握不动。还是杯子好，它是那么轻透，那么易举。她看着杯子，嘴角上扬，微笑起来，身子前倾要用手去拿，瞬间，电影里的另一幅画面又浮现在脑中，垂钓者手中的鱼钩，细长的鱼竿虽没有剑沉重锋利，一直握在手，任凭时间流淌，可是竿上的钩子着实厉害。梨古突然感到自己的衣服是那样地轻薄，身体是那样地不堪一击，会被剑随时触碰；还有自己的嘴，也是那么地危险，也许离嘴唇不远处就有钩子，还有钩子后面握竿的手。想到这，她的手不禁缩了回去，扬上去的嘴角也落下了，身子又靠回沙发背，紧紧地靠着。

"你是哪里人？"梨古小心地问男孩。

"本地的。"

"我要找的他是个华人。"

男孩又上下打量了一下梨古。

"我感觉你已经猜到了。"

"姐，如果真是他，我可以再说一次，我能够帮你找到。"

梨古担心被他识破，于是摆出一副深情的样子叹息起来："为什么让我遇见你，而又偏偏不得相见，使我心若浮云，乱如麻……为什么……为什么……"

男孩倚着沙发背，摆弄着手上的戒指，不说话，他在等。

一阵呻吟过后，梨古终于又对他说："我怎么相信你说的是真的？"

"我为什么要骗你？"男孩说着，头朝门口那边看去，招待又领进来了新客人，他这就要站起来。

"好吧。"梨古马上说道。

听见梨古说这话，他又坐住了。梨古从包里掏出了票子，不加包装也不加掩饰地递给他，男孩接过后就窜入了中间那群魔舞着的人，不知他是要穿过他们还是止步于他们之中，梨古真的看不见他了。这黑夜中的夜场，连人影都是模糊的，自己怎能驾驭得了？梨古只能怔怔地坐着。她想想天方，便坚定执着地一直坐下去。这样一来，时间就变得快了许多，不一会儿，男孩又出现在了她面前，梨古的心不像云也不像麻了，暂时放了下来。

"芸橙街区 B3-701。"

"这是哪里？"

"他的工作室地址。"

"你真快！"

"他的助理知道他的住处。"

梨古听后点点头。

"他的助理常来我们这里。"

梨古站起身，说了最后一句："可我是他的歌迷，不是他的助理。"然后朝大门走去。

"姐，有事随时来找我。"

梨古虽然心里挺感谢他，可当她迈出夜场，无声的大厅和那职业的招待又使她冷静下来，这交易结束了，但他们还没有下班。她确定自己没有留下什么痕迹后，头也不回地走了。

走出夜总会，她无比地想要立刻就去找天方的工作室，可犹豫了一下，还是先回了住处。

转天早晨，梨古硬着头皮来到公司，她知道总经理在办公室，于是她敲了敲门。

"请进！"

"总经理，我来了。我来向您解释昨天的事情。"

"不必了，回去工作。"

"总经理，您没有话要对我讲？"

"暂时没有。"

"总经理，自从听到您要提前退休的决定，我心里其实特别慌乱，这些年我一直做您的秘书……"

"你是公司的秘书。"

"可是没有您对我的帮助与扶植，我想我不会顺利地工作至今。总经理，我一直非常感激您。"

"干吗？你是在表达对我的感激？"

"当然是。"

"那就更不必了。"

"总经理，真不能想象如果您将来不在公司了，我该怎么样才好。不过，总经理，请您放心，我是不会像人力部的经理那样。我昨天在公司外面见到她了。"

"你当然会见到她，她不是接到了警局的通知去接你吗？"

"不是在警局，因为我提前走了出来。"

"她没有在警局接到你？"

"没有。"

"那你们是在哪里碰到的？"

"莱万医药。"

"梨古，也许是我让你慌张了，不过，我真的希望你能够在我退休之前继续把公司的事务打理好。还有，你愿不愿意像她一样？愿不愿意继续和她成为同事？"

"不。"

"你这么肯定？"

梨古点点头。

"好吧，我知道了。"

这一整天的工作终于结束了，梨古下班后，按照昨晚拿到的地址去找天方的工作室。印象中天方喜欢夜，她心中生出一丝期盼，或许此时他正在工作室准备忙碌一夜，如果真是这样，好像不一会儿就该见到他了！她将自己浑身上下打量一番，自己的妆容怎么样？自己准备了什么？自己能否让他一下子认出？自己又能否认出他？他是独自一人还是……想到这，又感觉有块石头堵在了心头。

真的来到芸橙街区时，梨古越想越没有底气，她的脚步挪不动了，呼吸时也感到僵硬。她走进 3 号楼后便停了下来，看看四周，自己已经站到了电梯门口，刚好，电梯门打开了，从里面只走出一个人，门里很快就空了，电梯门开着不动，梨古的脚还是挪不动，这时，后面的人不停地往前拥，好像一股浪一样，把梨古也拥进了电梯间里，容不得梨古犹豫，电梯门便自动关上了。见几个人都按了数字键，梨古也伸出胳膊，按了一下"7"。要说时间也不早了，可从外面来这街区的人怎么那么多？感觉这一趟电梯里就站着许多人。梨古扫了一眼身后，仔细一数，才有三位，加上自己一共才四位。梨古感叹自己刚才是多么不堪一击，居然将这三个人视作涌动的潮水推自己进来。想着想着，七楼就到了，电梯一停住，门哗的一声又开了。梨古不得不又迈开脚步，走出电梯间。

　　这一层比第一层安静许多，见不到人，梨古屏住僵硬的呼吸，抬头看着眼前一排门的门牌号码，704，703，702，最里面那间就应该是 701，她站在电梯口望着那里，仿佛当年站在村子里的自己，望着村口和村外的那条路。路好远！就像当年。时间好远！可已然不是当年了。

　　突然，那扇门开了，从里面走出了一个人，将门关好后，朝电梯这边走来，手里还拉着个小箱子。梨古看清了她的脸，是个年轻女子。就像是有了突破，梨古终于张口问道："你好！请问你刚才是从 701 出来吗？"

　　年轻女子下意识地紧握了手里的拉杆，说道："是啊！"

　　"他在不在？告诉我他在不在！"

　　"屋里没有人了，不好意思。"

　　"如果他真的在里面，请不要瞒我，我要亲眼见到他，我要

　　　　　　　　　　　　　　　　　　　　　　　　梳 妆

听他唱歌。"

"小姐，歌迷协会的缇娜负责这些，她会帮你的，请联系她就好。"

"为什么？我已经找到他了，此刻我居然离他这么近，真是不敢相信！"

"好了，好了，小姐，你的心情我能理解，可是，屋里面真的没有人啦。小姐，我送你回家吧。"

"701！701！"

"不要啊！小姐，不要这样啦！会吵到别人的，我送你回家好了。"

"开门！701，开门！701，开门……"

助理陪着梨古下楼并一直走出了楼门。

"小姐，请你等一下，我马上开车过来。"

"不，不要你送。"

"小姐，今晚肯定等不到他了，你这么做没有用的。"

梨古听后刚要开口，突然，她看到了一个年轻人坐在对面的一辆车子里，车门敞开着，他扭着头在冲自己比画。她认出了，是昨晚夜总会给自己提供地址的那个男孩！梨古马上对助理说："好啦，我相信你好了。"

"OK，等我哟！"

助理听后一身轻松地拉着箱子跑去开车。那男孩见助理走后，又接着冲梨古比画起来，嘴不停地动了几下，之后便立刻关上了车门。

很快，助理的车就开过来了，停在了梨古面前，梨古上了车，跟她一起离开了街区。

"小姐，请问送你去哪里？"

"夜总会。"

"你是说那个……"

"对，就是那里。"

"好，没问题。"

"没想到他就在这边，早知这样，我就不会等到现在才来找他。"

"他当初想要找一处地方当工作室，我就帮他找，可是找了好几处他都不满意，最后才知道，原来他心里想要找一处名字带'橙'字的地方。你说，哪家的大楼会起这个名字？"

"然后呢？"

"说来也巧，他有个小歌迷，当时刚刚上中学，整天听他的歌听得入迷，他父亲就辗转地找到了令他儿子着迷的那个音乐人，让他给儿子弄个惊喜的场面。"

"他呢？"

"他当然照做了，具体做了什么我也不太清楚，反正最后那父子俩都好高兴，就问他需要什么。"

"他怎么说？"

"他就把他当时的心愿说出来啦！小歌迷父亲二话不说，第二天就把这个楼盘的名字定为芸橙街区。然后，不到一年时间就建好了。"

"他就一直等？"

"一直等，等到街区能够正式使用之后才过来。"

"你是说我成不了他的歌迷？因为我没有盖楼的本事？"

"喂，小姐，怎么能这样想？你误会我了。"

"到了，我要下车。"

　　　　　　　　　　　　　　　　　　梳　妆

"小姐，慢走，不送。"

见梨古下车后，助理马上启动车子，快速开走了，一边开一边念道："老女人，做白日梦！"

梨古下车后就站在离入口处不远的地方，见助理的车开远了，便稍稍走出来一点，向四周看去，果然，一辆车向自己开过来，车窗自动开了，男孩稍稍探出头，示意梨古上车。梨古犹豫了一下，又向四周看看，便拉开车门上了车，坐在了男孩旁边。男孩把车子继续向地下停车场开去。

"你找我有事吗？"梨古迫不及待地问。

"姐，你要找的人见到了没有？"

"没有。"

"我听说，他被绑了。"

"什么？"

"今早刚刚听到的，我估计你会在下班时去他的工作室，所以碰碰运气，结果真的在那地方看见了你。"

"你找我是要把消息告诉我？"

"是啊！我一听到后就想尽快告诉你。"

"你有把握这次的消息准确？"

"姐，相信我啦！"

梨古从包里拿出几张票子，塞给了他。男孩此时已经把车子在车位停稳了，接过梨古的票子后随手装进了衣服里。梨古打开车门走下车，男孩也下了车，把车锁好后就一直跟着梨古。他笑着说："姐，晚上来一起玩嘛！"

"不了。"

"那我送你上去。"

男孩说着把梨古带到电梯前，陪梨古上到了地面，又对她说："姐，你肯的话，我可以带你去找到他。"

"我只想再问你，刚才送我过来的那个人是不是他的助理？"

"是。"

"如果你说的是真的，她不会不知道这件事。"

"怎么可能不知道？"

"我见她时，她刚从工作室走出来，她去他的工作室干什么？"

"哼！她什么都干得出来。"

"看来你对她很熟悉。"

"姐，刚才她有没有难为你？你有没有受她的委屈？如果有，今晚我可以让她来，随你怎么说，我听你的。"

"今晚她来不来我倒不关心，不过，我是不会来的。先走了！"

"姐，要帮忙的话尽快对我讲啊，也许他时间真不多了！"

梨古头也不回地向外走。

"一下子丢了两个！"男孩自言自语道，然后，身影如剑一般地消失在夜总会里。

转天，梨古趁午休时间，匆匆地来到了 NYLL 公司。

"你好！原来是佳宾航空的梨古，好久不见。"

"你好！正是午休时间，真是不好意思还来麻烦你。"

"你看我们有休息时间吗？每时每刻都是一样的。"

"看来这工作的确很辛苦，你又是负责人，恐怕会比普通员工更辛苦。"

"你好像也蛮辛苦的，中午还在操持工作的事。说吧，有什么事需要我们帮忙？"

"这次是我的一点私事。"

"是吗？说来听听。"

"我真有些说不出口。"

"你这是怎么了？"

"我其实一直是歌迷。"

"是谁的歌迷？你的偶像是谁？讲出来嘛！"

"音乐人天方。"

"是他！"

"可是，我刚刚听说，他被绑架了。"

"哦，天啊！什么时候的事？"

"不知道，我也是才听说。作为歌迷，我非常想解救他，可是，我一个人哪里有那份力量？所以我就想了个办法，能不能通过网络公开这消息？"

"好想法，我这就去申请，请等我一下。"

他们真是讲效率，梨古一人坐等，还没来得及有顾虑，对方就回来了。

"久等了。"

"没关系。"

"事情已经办好了，会作为头条新闻发放到网站首页。"

"大概什么时间发？时间会不会很久？"

"不长也不短，不紧也不慢。"

"这个……"

"放心，这新闻会在恰当的时间和网友们见面的。"

"那真是谢谢啦！"

"不客气。这次的费用是计入佳宾航空公司的账上还是……"

"这次由我自己来付。"

"那好，请随我来。"

梨古被领到了一间屋子里，屋里只坐着一个工作人员。

"这位是我的朋友，有个头条新闻给她结下账。"负责人说完，身上的手机响了，她便出去接电话。

"请问字数是多少？"

"这个，我不清楚，我并没有亲自写。"

"由网站来提供稿件？"

"是吧。"

"五十字以内还是以上？"

"我想，五十字就够了。"

"请问要几日？"

"你是问消息要在网站上发几天？"

"是的，从缴费时间算起，最短五十小时。"

"请问刚刚她说的'头条'意思是……"

"首页＋娱乐新闻＋滚动。"

"要是按照当日最重要的新闻来发呢？"

"新闻版块只接记者稿件，需不需要网站来为您约稿？"

"哦，不，不需要。首页娱乐就可以。"

"需不需要套餐？"

"套餐都有什么？"

"半月套和全月套两种，要比单笔消费更划算，请问需要哪种？"

"不，套五十个小时就够了。"

梨古支付完费用后从屋子里走出来，负责人到哪里去了？她正在找人，这时，身后传来一个声音："'心事难平'，'说不出口'！"

梨古回头一看，只见一个人正向自己走来，她身着艳丽的连衣裙，满头紫发，脸很白但很僵硬，双眼和鼻子像是洋娃娃的老年版，一个大红唇也未能掩盖住她的老，整个人看上去像个假人一般。

"站着那么多人，可只有你回头了。"

梨古又向办公区看了看，人们各自忙碌着，无暇抬头顾及这位老"假人"以及站在她对面的自己。

"我说蜜蜜，你在干什么？不要打扰我的客人。"这会儿，负责人双手托着一台笔记本电脑走过来。

"没有啦！"

"梨古，你看怎么样？一切 OK 啦！"负责人说着，举起电脑给梨古看。

只见一行醒目的字映入眼帘，负责人又轻轻点开这个醒目的标题，相关的几行字又继续出现了，梨古快速扫了一遍，写得有模有样。

"这都是我们蜜蜜刚做好的。"

"是你写出的这些？"梨古冲眼前这位陌生人问道。

"假人"笑着眨了眨眼睛。

面对 NYLL 公司这一系列的高效率，梨古此时真的不知道是该高兴还是担心，只勉强地从口中说出一句："谢谢你们！"

负责人把梨古一直送到楼下的大门口，接着对她说："请不要担心，我们公司内的员工是不会透露任何客人的情况的。"

"刚才那位也是你们的员工？"

"是啊！她可是我们老板眼中的大红人，著名的博主蜜蜜哒。有兴趣关注一下啦！"

"那么，她是负责娱乐这类业务？"

"是啊！是不是觉得她模样很奇怪？"

梨古笑笑。

"你放心，她人很好的，今后有事情都可以找她。"

梨古听后，想要走，负责人又说："梨古，如果还有什么事情请趁早来办。"

梨古有些受不了了，她感到头顶上吊满了无数钩子，她要尽快远离他们。

网站如此迅速的行动，令她感到有点准备不足，不过，又有点要跟着这股节奏继续走下去。真是股巨浪，推动着梨古。她回到公司，趁着午后的喧嚣还未起，忙拿出了自己私人用的那台笔记本电脑，打开后登录了 NYLL 网站博客，搜索到"蜜蜜哒"这名字，然后关注上。对方竟然很快有了反应。一来二去，二者成了好友。

莱万医药市场部经理当然不会听从他的总经理所谓"耐心等待"的意见，他去找了中药商。

几个小时的车程，他不但不觉疲惫，反而兴奋地拨起电话。

"有空吗？"

"什么事？"

"我带来瓶药酒，帮我品尝。"

"我哪里会？我问问开药铺的朋友，他们是不是更懂得？"

"可别再提药了，我的头都快大了。"

"这东西嘛，一半功能在保健，跟老板餐桌上的酒可不大一样喽。"

"咱们找个地方。"

"来仓库这边行吗？"

"好，一会儿见。"

经理结束通话后，继续向前开，一直开到了码头附近的仓库门口。见中药商已经站在门口迎接他，他停下车，提着酒走下去。

"欢迎经理来检查工作。"

"对你，我很放心。"

"我订了位子，咱们这就去吃饭。"

中药商开车带着经理来到市区内的一家餐厅。

"这酒，不用多说，肯定是中国药酒，比这边产的正宗。"

"你看，连你也这么讲，是个人都会这么讲。我们可是压力大了。"

"有什么压力？现在连小作坊都在做药酒，我们莱万那么大的公司难道比不过他们？"

"小配方配大公司？怎么般配得了？"

"那就去中国搞配方？"

"可我们老板总是要自食其力。"

"公司要自己研制？技术上的事我一个贩卖药材的可不懂。哈哈！"

"你我都一样，谁会懂？愁死我们了！"

"您不是负责市场开发吗？难道研制药酒的事也要管？"

"技术就在市场里，人也在市场里，什么都在市场里。"

"那压力可是蛮大的，因为我们的资源有限。"

"如果有合适的人，公司愿意出高价接纳，只可惜，目前一直找不到。"

"这事，恐怕要慢慢来，知音难觅，哈哈！"

"你的小孩最近怎么样？喜欢新幼儿园吗？"

"喜欢，自从上了幼儿园，变乖了许多。"

"这样多好，你可要努力工作。"

"经理讲得对。"

"这酒，你拿去。"

"经理，这怎么好意思？"

"替我拿给族里，上回贸然闯进去，多有得罪，就以酒赔罪吧。"

"我们上回怎么算贸然闯进？我们不是安静地进去，安静地离开？"

"我以为他们都生气了？"

"生气？"

"我留了纸条，一直也不回应，这不是生气是什么？"

"那好，我带着这酒再去趟族里。"

"请他品尝。"

"好。"

"配方就参照这酒的口味和功能来做。"

第十章

又见叶动

转天一早，天方助理便提着一个男式手提包来到了莱万医药公司总经理的办公室，身后还跟着一个女子。

"总经理，早上好!"

"早!请进!"

二人红肿的脸仍未痊愈，却彼此心照不宣。

"总经理，我想我已经把相关东西全都拿出来了。"

"我可以看看吗？"

"好的。"

总经理接过助理递上的包，翻了翻里面，然后把包合上，放在桌下的大抽屉里，说："很好。谢谢啦!"

"不客气。上次的加这次的，我毫无保留地都交给您了。"

"还有事吗？"

"总经理，她一直想见见您。"

"谁呀？"

"歌迷协会的缇娜。"

总经理下意识地抚了抚自己的脸，说道："还好，我现在有些时间，她人在哪里？"

"她就在门外。我可以请她进来吗？"

"请进。"

助理忙走回到门口，打开门后，将等在外面的人招呼进来。

"总经理好！"女子一进门，就热情地向总经理问好。

"情况怎么样？"

"歌迷们现在的情绪很高涨，一致想要解救他们的偶像。"

"他们都要怎么救？"

"多数人的意见当然是要报警，剩下的有说要歌迷联合起来一起去救，有说要先找到绑架他的凶手，然后把凶手扭送到警局，还有说要……"

"要什么？"

"要请求网站协助，既然是网站爆料的消息，网站理应知道更多细节。细节越多，就越容易帮助歌迷顺利解救天方。"

"好的，情况我知道了。一会儿到财务去领下劳务费。"

"谢谢总经理。"

"保持联系。"

"我会的。"

当天晚上，梨古忙完一天的工作，离开了公司。刚一走出公司大门，便看到一个人冲自己走来。梨古一眼就认出了是蜜蜜。她的衣着依然醒目，那张脸依然老又假，笑容依然挂在脸上，可是，第一面见她时那奇怪的印象已经打消了几分，梨古自然而然地向自己的那位网友打招呼。

"你怎么来了？找我有事？咱们要不要换个地方说？"

"我着急给你送假发啊！你要的假发到了，这批货品种齐全，样子也很好的，我放在了街心公园。"

"那我可要赶快去看看。"

"我先过去，那边等你哟！"

蜜蜜说完，便跑了。梨古在后面跟着她，朝公园走去。

来到公园，原来蜜蜜早已经卖上了货，她躲在一棵大树下，脚下摆着一个大提箱，里面装满了五颜六色、发型各异的假发套，外加蜜蜜本身那般魔力，吸引了不少人。他们之间心知肚明，不声张，趁着还没有公园管理人员来驱赶时，迅速地挑选。梨古也混在人堆里面挑选假发，还自己试戴。

"老板，你看我戴这款好不好看？"她问道。

"你脸比较瘦，试试这款啦！"蜜蜜说着，扔给梨古一款假发。

这一扔，便扔进了梨古的怀里，梨古感到她的力量，于是抱紧它，站起来，向后退了一些，一只手摘下了自己挑的假发，然后，又把怀里的假发戴上。这一戴，梨古感到无比舒服，不大不小，不轻不重，正合适。她一直戴着它站在后边，蜜蜜冲她点点头。于是，她走向前，扔下手里的那款，指着头上的假发问道："这款怎么卖？"蜜蜜听后显得犹豫一些，说道："你这款可能要贵一些。"梨古听后有些惊讶，难道她想向自己多收钱？她要干什么？

"这款戴着蛮合适的。我真心想要。"

"五万。"

"什么？怎么比其他的要贵将近十倍？"

"小姐，贵自有贵的道理啦！"

"老板，给我算便宜一些嘛！"

蜜蜜不理会，又继续卖货，梨古并不摘假发，站在树下等。在没有搞清楚蜜蜜的来意之前，她要等下去。

"各位姐姐妹妹，我要收了，要不然一会儿被管理员看见，我就惨了。"

"这不是还有剩下几款吗？再让我们挑挑。"

"这几款价钱和那位小姐头上戴的差不多，有兴趣四万块拿走好了。"

大家一听这价钱，都陆续走了。

梨古见人们已经走远，问道："怎么要我这么多钱？"

蜜蜜一边收拾一边说："这一箱才卖了五万，你再给五万才够。"

"够干什么？"

"救人啊！"

"你是说你有办法救我的偶像？"

蜜蜜点点头。

"都说你是好人，还以为你是好人。"

梨古说着，摘下头上的假发，给蜜蜜扔了回去。蜜蜜听后，默默地收拾好东西，拉着箱子离开了公园。

梨古抚平了自己稍稍凌乱的发丝，整理好自己的套装，却一脚深一脚浅地走了。

转天，又到了傍晚，梨古下班从公司里走出来，看到远处停着的一辆计程车里边有人冲自己招手，仔细一看，又是蜜蜜。她又快步走过去，上了蜜蜜的车。

"你真是超人，超人姐姐，你有没有开过计程车？"

"放心好啦！"

"你不要被查出是无证件驾驶计程车！"

"放心好啦！"

"我怎么能放心啊？"

"你坐好就是啦！"

梨古无奈地摇摇头。

"车里有一套休闲装，还有一双运动鞋，你把它们换上。"

梨古向后看了看，果然在后座位上放着一套衣服和一双鞋，旁边还有一个假发套，正是昨天蜜蜜扔给自己的那个。

"现在正是下班时间，路上的车和人都这么多，我还是等一下再换衣服吧。"

车子开到一处快餐店窗口附近，蜜蜜减慢速度，按顺序排着队。

"要吃些东西？"梨古问蜜蜜。

蜜蜜点点头后，用一只手去掏钱，梨古忙说："我来买。"车子已经排到了窗口，梨古探着身子冲里面喊："两份汉堡套餐。"然后把钱给了里面，又接过了两个纸袋子，坐好后，蜜蜜继续向前开，驶向公路。梨古拿出其中一个汉堡包，剥开了纸，递给蜜蜜。只见蜜蜜接过汉堡后边吃边开。梨古见后忙说："我们也可以先吃再走。"

"救人要紧啊！"蜜蜜仍然开着车子，匆忙地说道。

"蜜蜜，我们这就去救他，是吗？"

蜜蜜点点头。梨古抬头看看这辆破旧的计程车，笑了笑，拿出另一个汉堡吃了起来。蜜蜜又咬了两口汉堡，便默默地开起了车，一直不说话。

终于来到了一个地方，显然是仓库。四周静悄悄的，没有一个人。

"蜜蜜，就是这个地方？"梨古问道。

蜜蜜点点头。

"小心！万一有人怎么办？"梨古又不安地问。

"晚上不会有人来。我们要抓紧时间。"

已经换好另一身衣服的梨古，摸了摸戴好的假发，又从包里取出墨镜戴上，准备随蜜蜜一同下车。

"你等一下，我先下去看看。"

"蜜蜜，小心！"梨古从车里向走下车的蜜蜜小声说。

蜜蜜关好车门，向四周看了看，然后朝库房大门走去。六个大门紧紧地关闭着，恐怕只有七十二变的孙悟空才能有办法钻进去。蜜蜜走近大门，只见其中一个门外堆满了木头，将门死死地挡住。蜜蜜看了看，她判断人就在这个被堆满木头的仓库门里。蜜蜜把耳朵靠近些，隔着木头听里面有没有动静，可惜什么都听不到。她又向身后看了看，确定没有陌生人后，轻轻喊了一声："里面有人吗？"依然没有动静。她提高嗓门，连喊了三声："有人吗？""有人吗？""有人吗？"忽然听出了里面有声音，蜜蜜接着喊道："我们是歌迷，来救你的。"

一阵砸门的声音来了，虽然被木头挡住，显得很沉闷，可是蜜蜜能够清楚地听见。

"天方？"她又喊了一声。

"我在。"里面回应了她。

蜜蜜连忙跑回到车旁，梨古已经整装待发，见蜜蜜兴奋地跑过来，打开了车门。

"找到了，他在里面。"蜜蜜冲着梨古说。

梨古听后，忙下了车，蜜蜜走到车后，将后备厢门打开，从车里搬出了折叠梯子和一个工具箱，对梨古说："走，我们带着这些去。"

梨古跟着蜜蜜走近库门，一看到门前堆满了木头，心想：这不是树干吗？她又凑近它们看了看，这树非常熟悉，记忆中是在族中的山林里，她跑到一侧仔细观察着纹路，用手摸了摸，心里不禁说道："都是新砍下的年轻小树。"又细又短的它们平躺在这片地方，安详中透出些无奈。

蜜蜜已经找到了库门上的锁，她有些庆幸锁没有被木头挡住，而是露了出外面，于是打开工具箱，挑出一根细铁丝般的工具，拿在手里，慢慢地向锁眼里捅去，又拿出一个锤子，刚要砸，锁居然开了。

"哦，谢天谢地！"二人惊呼起来。

可是接下来的问题是被这些木头挡住的库门要怎样才能打开，门当然是要向外拉才能开，也就是外面的人要把门拉开，里面的天方才能够出来。蜜蜜合上了工具箱，把折叠梯打开，架在木头左侧，爬了上去。然后双手用力从左向右推最上面的一根木头，虽然不算粗，可毕竟是树干，蜜蜜用尽全力也没有推动。梨古在下面碰碰她的腿，示意她向右挪一挪，自己也要上去。蜜蜜挪了一下，梨古便也上了梯子，站在和蜜蜜同样的高度，梨古双手用力向右推那根木头，这一推，木头果然动了，蜜蜜看到希望，双手一起和她用力，木头向右一点点蹭，居然一半已经悬空了，二人继续用力，只听"咣"的一声，木头居然砸地了，幸好掉得离门远一些。接着，二人又弄倒了第二根。然后，二人不敢再继续推了，怕是下一根倒了后，底下的木头全倒塌了。二人从上面下来，搬走了梯子，决定用手去抬走第三根。二人先试着把掉到地上的两根木头抬起来，扔到更远的地方。然后回来抬还堆在门外的木头，两人踮起脚，伸手抓住木头后，慢慢向下抬，梨古感到腰部吃紧。再坚持一下，终于把第三根木头抬了下来。

接着二人又抬下了第四根。下边的越来越容易抬了，因为越来越低。

当她们把最后的木头抬走后，大门一下子被里面的人推开了。三人对视了一番，天方趴在地上，饿得已经没有力气站起，他一点点地爬出了门外。蜜蜜和梨古的手已经布满血迹，疼得不能碰任何东西。看到天方虚弱的样子，二人决定一鼓作气，把他架到车上。可是，天方却不肯那么快离开，说道："我要再找找，万一还有另外的人被困在这儿。"

于是，梨古便架着天方一点点挪着步子，蜜蜜提着工具箱和梯子跟在后边。他们先走近一个库门前，天方使出全身仅存的一丝力气敲了敲门，耳朵贴着大门听了一会儿，没有任何动静。

蜜蜜见状又重新打开了工具箱，拿出刚刚用过的那一套家伙，走到门前，这个门锁显然和刚才关天方那个库房门的锁不同，蜜蜜觉得没有把握，只得试试，弄了好几下，确实打不开。

她们又随着天方挪到下一个库门前，和刚才的情况一样。接下来，天方在梨古的搀扶下去试每一个门，情况全是一样的，天方向库门一一呼唤，可是没有任何回应。

"时间不早了，再待下去会不安全的。"蜜蜜有些焦急地提醒道。

天方听后，转过身在梨古的搀扶下向车子停的地方挪去。蜜蜜赶快跑到车后面打开后备厢，把手里的东西全都塞回去，盖好后，又忙跑回来，扶着天方的另一侧，和梨古一左一右地把他架到车的后排座位上。

"早知是这样子，我准备两副手套就好了。"蜜蜜上车后对梨古说道。

"你的手还能开车吗？"天方半躺着问。

"坚持一会儿就好了。"蜜蜜笑着说。

梨古上车后仍坐在蜜蜜旁边，可双眼却一直盯着镜子里天方的脸。

"你们叫什么名字？是不是歌迷协会的？"

"不要管我们，你知不知道自己要去哪里？"蜜蜜一边开车一边问。

"能不能先送我去吃点东西？"

梨古忙拿出刚才自己没有动过的薯条和饮料，慢慢转身，抬手递给天方。天方看到她的手，突然有些心疼，接过袋子后，感动地对她说："谢谢！"

车子开到接近市区时，路两边稍稍变得热闹起来，蜜蜜见到一个便当店就要停车，天方马上说："这里不行，不够安全，还是再向前开一段路。"

蜜蜜于是把车开进了市区，外面越来越热闹，天方不得不全身躺下，对前面说："下一个路口右转，右侧有一家店，请帮我在那里买些吃的来。"

蜜蜜按照天方说的把车开到那家店门前，梨古迅速下去买了一些吃的后又迅速跑上车。

"谢谢！饭钱回头给你。"天方躺在后面对梨古说。

车子又向前开了一会儿，蜜蜜忍不住又问道："送你去哪里？如果没有安全的地方可以住，我帮你找个地方好了。"

"这车子能否借我一用？"已经吃过东西的天方根本无法放松下来，接着问蜜蜜。

蜜蜜不作声。梨古看了看蜜蜜后，忙说："假发我很喜欢，算我买下了。"说着，从包里掏出一沓钞票，"我包里只有这么多，回头把剩下的给你。"

"好吧。"蜜蜜终于痛快地说。

天方在后面听着这句回答，不清楚她是在回答自己还是回答坐在她身边的女子。他看了看二人的头发，心里仍不停猜测着：她们到底是谁？

车子又继续开了十五分钟后，蜜蜜说道："我们开得离仓库已经很远了，现在可以安全下来了吧？"

"好的，就在这里停下。"天方答应着。

"车子就先借给你好了，不过你开在路上要小心，不要被盯上。"蜜蜜提醒道。

"今天真是谢谢你们。你们叫什么名字？什么时候能再见到你们？"天方再次问道。

二人没说话，下了车。天方忙打开车门，从后边走下来，又急着问蜜蜜："车子用完后怎么还你？"

蜜蜜一把搂过梨古，笑着说："她不是在我这儿吗？我们就这样交换好了。"

天方听得似懂非懂，又急着要走，从后备厢里拿出那两样东西，递给蜜蜜，便对二人说："我们后会有期！"说完，便上了车，开走了。

梨古对蜜蜜说："跟我走，回去我那里。"

"我们也就在这边分手吧。"蜜蜜说。

"不，你一定要跟我回去，咱们吃些东西，你还可以洗个澡。"梨古恳请着蜜蜜。

听梨古这样讲，蜜蜜便跟她一起走。二人辗转地回到了梨古的住处，走到门口刚要上去，蜜蜜对梨古说："你看我们这样子，手里还提着东西，很容易引起注意的。"

"我们一路都这样，真要是被盯住了，也没有办法，哪里会没有一个人？"

"不如，你找来个手提箱子，我们把这些装好后再一起上楼。"

"也好，我先上去，你等一下，我马上下来。"

梨古说完，背着自己下班时的那个包、一身衣服和一双鞋，向楼上走去。

当她拖着个行李箱再下来时，楼下已经不见了人影。

"蜜蜜！蜜蜜！你在哪儿？"

梨古不见了蜜蜜，终于有些站不住了，不由得蹲下来，挂满了伤的双手和心一起疼起来，泪水瞬间从心里涌出，一时半会儿止不住了。

被解救的天方一边开着借来的车，一边却回忆着与老旦的点点滴滴，他努力回忆着老旦说过的一句话："老生和老旦其实可以由我一人演。老旦摇身一变，成了老生。"想到这，天方双眼已经饱含泪水，大声喊了出来："老旦，你这是唱的哪一出？"

转天一早，莱万医药公司的总经理正坐在办公桌前，门外传来敲门声，他看了看时间，还差两分钟才到上班时间，是什么事情这么急？他整理了一下自己的衣服，说道："请进！"

"总经理！"秘书进来后轻轻喊了他一声。

他感到这声音有些低沉，于是问："复印件都带好了？准备什么时候出发？"

秘书听后，把已经关好的门随手锁上，然后走近他的办公桌，压低声音说："总经理，刚听兄弟们说，那个音乐人跑了。"

"怎么回事？"

"天刚亮时，两个兄弟去库房那边取货，结果发现挡在那扇关着人的库门前的木头全被挪动了，打开大门一看，里面的人已经不见了。"

"是什么人能有那么大本事去救他？"

"是啊！网上一出那消息，我们就采取了预防措施，特地派车送过去一批刚砍下不久的木材。"

"木材？"

"对，从橙山那边砍的。"

"谁要的货？"

"是亚利叔。外边有人找他买货，他安排人去做的。上周网上一出那消息，他担心关人的地点泄露，于是就吩咐兄弟们弄过去些木头堵住库房大门，没想到还是让人给救了。"

"这事情听起来并不难，只要知道了地点，几个人去做就是了。我们又没有安排人二十四小时守在库房。"

"哇，总经理，那些木头码放得严严实实，谁想到能一根一根地被挪开？我看只有警局的长官们才会有那么大耐心。"

"耐心？我看更大的是力气和决心，还有……爱心、情心……"

"您是说爱情的力量？"

"哈哈！开玩笑！"

"我说嘛，难道他和男人有爱情？"

"不要乱讲！这次是我们没有严防死守，因为根本没打算伤害他，只是想抓住些东西再去和他谈，折磨他一阵也就够了，顺便报亚利叔当年的一箭之仇。"

"总经理，您搞到的这些资料还真是蛮宝贵的，可惜，还没拿去和他谈就让他跑了。"

"你把复印件交回来吧。"

"是。总经理，听说还有本日记？"

"那个也先放在我这儿，不要声张。"

"我不会啦！不过，他的那个小助理，人蛮鬼的。"

"不要管她。"

说着，电话响起，秘书先出去了。

"喂！"

"你听说了没？那小子又跑了。"

"亚利叔，我刚听说了。"

"查查你身边有没有人不听话！"

"哪有？"

"那是怎么回事？谁泄露了消息，还有地点？我这边已经盘问过了，没发现什么问题。"

"亚利叔，那也不能肯定就是我这边的问题。"

"唉！"

"亚利叔，他当年的长官，有没有消息？"

"什么消息？"

"天方这一跑，我们怀疑是有警方营救。他那长官会不会是警方那边的人？"

"是又怎么样？是不相信你亚利叔还是不相信我们莱万的能力？"

"万一这人背叛？"

"背叛？他现在就在我身边，替我老老实实地做事。"

"手脚怎么样？"

"一副好手。前几天有个朋友找我要批货，我交给他处理，办得相当漂亮。"

"取得你的信任，取得莱万的信任，之后，再背叛？"

"到时再说了。"

"要是背叛警方呢？哦，亚利叔，我只是在猜想。"

"他真能把警方的秘密告诉给我们，跟警方对着干？想得美！"

"为什么不能？"

"如果你猜得对，他为什么要这样？"

"失望！因为失望！"

与亚利叔通话结束不久，总经理的电话又响起。他拿起来，说："喂！"

"老东西我要约你。"

"您不要这样称呼自己嘛！我在亚利叔或是任何人面前都从没有这样喊过您。"

"上午十点半怎么样？"

"我没有问题的。"

"我让人去接你，带你上个新地方。"

"好的。"

总经理放下电话后开始忙手里的事情，十点半，车准时来到楼下，接上总经理后，便开去了一家会馆。

"NYLL 那边的情况怎么样？"

"我约你来就要单独和你说这事。"

"您有没有取得对方的信任？"

"这些新人，我们虽然之前不熟悉，不过我想我还是有一定把握的。"

"您是说已经谈到合作的事？"

"双方的顾问已经开始交谈。"

"好！"

"不过，这期间，他们一直在猛接业务，要把该到手的业务抓住，火速完成。就像这次那音乐人的消息，就是他们一气呵成的，总共不超过一个钟头。"

"爆料人是谁？谁提供给网站的消息？"

"一个歌迷。"

"歌迷协会？"

"他们常去的地方是夜总会，我猜是夜总会那里出了问题。"

"我判断目前警方也出了问题。"

"不错，有警方的人在暗中和我们作对。警方不是从前的警方了。"

"亚利叔还是一如既往地有信心，他认为莱万能够一直对警方有把握。警方怎么会找莱万的麻烦，几十年如此。"

"你也这样想吗？"

"也许警方还是从前的警方，可人不是从前的想法了。在和我们莱万作对的人，其实是在和警方作对。"

"言归正传，我们的中药材采集业务不能放松。"

"市场部经理前些天请求公司提供技术支持，这事我一直拖着呢。"

"今晚见分晓。"

"同意。今晚见分晓。"

中午，族中药铺内照进来一股强烈的日光，男子觉得火热又刺眼，他准备先关上铺子的大门，避一避太阳。这时，一双手突然出现，紧把着铺子的木门，极力阻止门被关上。男子一看，原来门外站着水永。他连忙请水永进屋。

"你个贼！"

"水永，有什么话慢慢讲。"

"你一直有偷山里的货。"

"这些你是听谁讲的？"

"你瞒不住的。"

"我没有瞒。"

"还说没有？"

"没有，我没有偷也没有瞒。"

"反正你干过。族长怎么不赶你走？"

"水永，族长要赶你？"

水永听他这么一问，哇地哭了起来。

"水永，我跟你一起去找族长。"

"也好，我让族长也打你几棒，然后把你赶出村子。"

"如果能够拿我来换你留下，我十分愿意这样做。"

"那就走，我要看看族长是留你还是留我！"水永刚说完，愤怒的脸上顿时又布满犹豫，大声说，"不，我不去。"

"怎么回事？"

"族长要是再见到我，会打死我的，我不敢。"

"那你就喊我是贼，我偷山货，族长听说有贼，一样会打死我的。"

"不，我不去。"

"那我就一个人去了。"

说完，男子就一人去找族长。一进屋，就连忙问道："族长，水永的事，你是怎么知道的？"

"他真的去找你了？"

"是，一肚子火气，说你打了他，还要赶他走。"

族长见药铺男子亲自来询问，便如实对他说起："水永在外结识了一个朋友,让水永帮忙卖药酒给村子,还说要从山里私自挖药材运出去卖。"

"疯了!"

"你猜水永怎么说?"

"怎么说?"

"他亲自来找我,替他的朋友跟我谈条件,逼我同意这么做。"

"这事还有谁知道?"

"现在只有你我知道。"

"族长,想想办法。"

"我想把他驱赶出族。"

"可他也有一家老小。"

"怪谁?是他触犯了族规,和外界勾搭,利用族企图从中获利。这足够将他全家驱赶出族。"

"族长,我不是也一直有采山里的药材吗?"

"这不同,你当初跟我主动提起,我听了你的想法同意你这么做。可他这行为和你的一样吗?他这叫勾结。还有,前几天山上的树还被外人砍了,我怀疑也是水永干的。我已经向办公室汇报了,表达了我们全族人的心愿,要制止住不经同意就在我们这里偷偷砍伐的行为。"

"族长,我从村里采药这件事也只有天知地知你知我知,还有那位中药商。"

"我明白,你从未泄露过,这些年村子里一直平安。"

"看来他那个兄弟还是蛮可靠的。跑来跑去,从没发生过什么意外。"

"就是啊!要都像是那样该多好。"

"族长,我有一天会和你告别。"

"怎么？你也和水永一样背叛族？那咱们是该告别。"

"哈哈！"

男子问清楚了情况后刚一出族长的屋门，水永就扑上来，问："族长怎么说？"

"族长很气愤，我劝他想想办法。"

"看你好好的，他没有打你？"

男子摇摇头，猛然间被拳头狠狠一击，倒在地上。水永打完他，便跑了。

"你不要跑嘛。"

水永不回头。

"你见没见到过我偷山货？"

水永仍旧不回头地跑着。

"见没见过？"

水永没有回应。

"你讲不出，就是没有见过。"

水永继续跑着。

"是不是你那朋友讲的？"

水永继续跑着。

"是他告诉你的？"

水永继续跑着。

"如果是，请转告他，我孤家寡人一个，什么都不怕。"

水永跑远了，不见身影。

整个下午，药铺男子对族长驱赶水永全家一事一直心存顾虑，又去过族长屋里劝他慎重考虑，可这并没有改变族长的决定。族长对水永一家触犯族规的处理态度坚定不移。男子担心水永的同时，更预料到了自己，一旦水永被驱逐，自己也要随之离去，必须要离开村子了，就像中药商早就劝过自己的那样。

这一时刻最终还是到来了。当晚，全族人聚集在村子里，从水永的屋门前一直站到村口。按照习俗，由族长下"驱逐令"，随后全村人送行，没有仪式，只有注视，没有欢歌，只有憎恨，脚下没有起舞，只有静静的伫立。

"族长，砍树的人不是我，也不是我让外人来砍的。"水永停在半路，仰天长啸一声。

药铺男子没有出屋，虽待在屋子里却能感受着屋外的气氛，他此刻特别想冲出屋子，在全族人面前跟族长替水永求情，乞求族长能够放水永一马，可那一定是徒劳的。他不得不也做离开的准备。

屋外人正上路，屋中人开始准备，他伸手去收拾，可是无从下手，只因心乱如麻。还有什么一直在牵动着他的心，令他坐立不安？

他熬过了一番痛苦挣扎，渐渐地，感觉屋外平息了，自己的心也稍稍安稳下来。他不禁走出药铺，向村口走去。走着走着，见远处希娴回来了，看来一切结束了，他心里琢磨着。希娴正要走进屋子，他大步上前，跟上她，一直走进了里屋。男子说要看看Po，希娴便带他来到Po的床前。

"Po！"男子突然听到希娴罕见地一声大叫，他意识到不妙，紧跟着走近床前，见希娴那张一贯平静的脸起了波澜，抽搐着，他判断Po也许……他俯下头贴近Po，如果这么看去，Po一如既往，并不会被发现任何端倪，要不是看了希娴那不停抽泣的脸，他并不觉有什么异样。然而，他又坚定地认为希娴的判断不会错，因为与Po朝夕相处的她早已对Po的状态熟悉又深知，Po的一丝变化都会牵动她。他于是伸手在 Po 的鼻前感应了一下，无奈，Po 与他们已经阴阳两隔了。

希娴也是有舅的，Po 的丈夫和儿子早年都从村子里走了，唯一的女儿也走了，他们像排列在树枝上脱落的叶子，走了，走了，走了。

希娴刚刚在外送行了一番，之后，她预料到他也要离开，而现在 Po 又离开了她，面对这多重的意外，她伤心极了。

那股攒动的人，不管迈着怎样的脚步，今晚似乎又撞见了这里的一阵静和动。

今晚开始，NYLL 网站上公开连载音乐人天方的日记，接下来每天都有后续，这无疑又引来一片哗然。网站的点击率骤然上升。

天方本人此时正坐在船上，船载着他夜行在海面，无尽的海风吹不出答案，天方心里依然有惑，他就这样在困惑中睡着了。

第十一章

对镜梳妆

　　天方再一醒来，已经是又一个黎明，行驶了两夜一天的船终于靠岸了。虚弱的他被架出了船舱，直接上了岸。这片岸又会给他带来什么？他困惑中带着不安与无奈，被扶着一直走，直到走进一处房子，然后被安放在客厅的沙发上。不一会儿，美味佳肴就来了，摆放在面前的茶几上。顾不上欣赏屋外花园的美景，他大口地吃起来。酒足饭饱后，他等不及了，想要到窗台观赏一番，刚一站起，只觉眼前一黑，浑身发软，一屁股又坐了下来。这时，从房前的小花园里走进来几个人，最前面是个魁梧的老男人，后面跟着两个年轻男子。当他们走进客厅时，老男人来到天方面前站住，看着天方不说话。天方仔细地辨认这人。"啊！是强先生吗？"他猛然间大喊了一声。面前的老男人听后笑了，对他说："算你还没有忘恩负义。"

　　"真的是您？"

　　"没想到，时隔二十年，我们又见面了。"

　　"强先生怎么总是我的救命恩人？哎！"

　　"当初我救的是个穷小兵，如今我救的可是大歌星啊！哈哈！"

　　"穷和富、小和大都不怎么样！我活得真是不怎么样！"

"不要这样讲啦！你可是我认识的人里最知名的哦！"

"哪里！"

"当初我救下你后，把你带在身边做事，可是挡不住你的艺术天赋，自己写出的歌拿去唱片公司居然一投就中，一举成名。现在都有自己的工作室了。你说，谁像你这么幸运？"

"早知是今天这样，当初真不该离开先生，一直跟着先生多好，我真是后悔！"

"没有后悔药可以吃，吃了也治不好。"

"对，后悔是个不治之症，真该死！"

"倒是可以给你试试中药。"

"先生可别再提中药了，我差点命丧在这上面。"

"不要太担心，到我这边暂时还是安全的。我已经安排人二十四小时保护你。"

"强先生，太感谢您了！我……哎！"

"不要总这个样子。明天，我们就开始实施计划。"

"什么？"

"你那边有个华人中药商，已经被我们争取了过来，他今后停止供中药材给那边。"

"他之前也跟莱万做这生意？"

"他也是出于无奈。"

"那么谁会继续为那边供货？"

"我们要最大限度地切断那边的货源，让他们无机可乘。目前看，莱万已经是垄断了那边的一切中药材供给业务，之前的小药商似乎被挤得没有了活路。所以以争取过来莱万最大的供货商，让他停止为其供货，也就基本控制了那边的所有货源。"

"今后普通人要看中医抓药是不是更难了？"

"中药没有了，药酒也没有了，研究没有了，一切都没有了，你说接下来会怎么样？"

"也好，先切断一切不明来路，看谁还打中药的主意？"

"不过，我们能力有限。至于那边会不会在当地开采出药材，我们无法插手。"

"什么？您是说他们要自己开采？"

"我当初是从哪里把你救出的？"

"当然是橙山路尽头的那片族中。"

"没错，就是那里。"

"那里要被开采？"

"莱万医药早就盯上了那个村子，是不是该下手了？"

天方一听是那个族，他的心有些颤动，不禁问道："哦，强先生，这两次让您救下我的，是谁？"

"还能是谁让我救你？"

"当年您给我的那笔钱……"

"那钱是他托我给你的。他让我把账记在他身上。后来等他一脱险，真就把钱还给我了。"

"老旦，你在哪里？快给我出来！"

"天方，你冷静一点，最近受了不少惊吓，先在我这里休息一段时间。咱们今后慢慢聊！"

坐在安静的客厅中，天方的心算是暂时安稳下来，强先生走后，他很快就睡着了。一觉醒来已是天明。清晨，天方从一睁开眼就被悉心照料着的，直到早餐过后，强先生又来看望他。这次，还跟来个人。

"强先生，早上好！"

"昨晚休息得还好吧？"

"太舒服了！昨天从您走后我就睡着了，直到今天早上才醒来。"

"希望你今后夜夜做好梦！"

"那我可真是太幸运了！"

"来，给你介绍个朋友。昨天我跟你提过的那个华人中药商，我给他起了个新名字叫凯文。

"这位，你我早都知晓，大名鼎鼎的音乐人天方。"

"你好！"天方说着，伸出右手。

凯文微笑着和天方握了一下手。

"天方，放心，他人很踏实，我很看好他的。一会儿，我还有个客人要见，今天就让凯文陪你。"

二人把强先生送走后，走回客厅，坐在沙发上聊起天来。

"听说你做中药材生意？"

"是，家父还在的时候就开始做了。"

"你们害得我好苦！"

"莱万在那里呼风唤雨，真是没办法才这样。"

"你过来这边，担不担心被他们找麻烦？"

"有强先生在，我不怕的，我很信任他。"

"我们都成什么了？活成这样！"

"强先生一定不愿意听你这样讲。他给我的任务就是帮你开心起来。"

"瞧你的眼睛，都是血泪，还帮我？"

中药商尴尬地笑笑。

"对了，你家人呢？"

"我们是一起过来的，强先生正在安排我女儿进幼儿园的事。"

"要当心哟！"

"小孩子跟我受苦了。"

"莱万接下来要怎么做？你清楚吗？他们不会善罢甘休的。"

"他们早就盯上了个村子，那山上有的采。"

"麻烦的事留给他们自己做好了，哈哈，你在这边跟着强先生。"

"可是，你知道吗，村里有个开中药铺的华人，他也是被莱万盯上的人。"

"你认识他？"

"当然。我一直在劝他早点逃脱，可他就是不肯，太固执了！"

天方忽然想起了希娴，想起她那天对自己说过的话："我要先去问问他。""去找他。"

天方于是接着问："他有没有老婆孩子？"

"他一直一个人开药铺，不过，我总是觉得他还有牵挂，否则怎么就那么不肯走呢？一副要和村子同归于尽的样子。这次机缘巧合，我带着兄弟和家人开着我们仅有的几条船过来投靠强先生，多难得的机会，如果能够把他也带过来，我们一起在这边多好。可惜，我没能做到。"中药商说着双眼真的溢出了泪水。

"我说，强先生是叫你来陪我，你自己倒先伤心起来。你这个样子，我还怎么开心得起来嘛！"天方说着，笑了起来。

"不知莱万那边会怎样报复？他能禁得住吗？"中药商越说越伤心。

"你说我俩怎么能那么幸运？冥冥之中有救星。"

天方看着中药商的脸，又把自己的脸向前伸了伸，笑着问："讲一下嘛！你们是怎么被救的？"

"有好心人。"

"谁？"

"你去问强先生好啦。"

NYLL网站的日记已连载到第七日，天方已经被解救一周了，他享尽了美食，做足了美梦，终究还是主动去找了强先生。

"强先生，我想我还是需要回去一趟。"

"你还有事情？"

"是。"

"那边现在的情形不说你也想得出。"

"是，我能想象。"

"对你不利。"

"可是，我想回。我真羡慕凯文，我好懂他。"

"你确定要走？"

"是。"

"来时的步骤都还记得吗？"

"我记得那晚我开着借来的计程车一直到机场，然后一眼撞见了个在机场工作的熟人，他就站在外面，我连忙掉头怕被他发现，可是他截住我，上了我的车子，一直逼迫我开到一个码头边，然后他把我拖下车，我刚要反抗，他一拳把我打倒在地，然后，开着那辆计程车就走了。"

"那晚我负责从码头把你接上船，这次你走，我负责把你送上船一直到码头。只有这些。"

"谢谢强先生。我不是忘恩负义的人，您有恩于我，我会报答的。"

"明早上船。"

转天一早，天方被妥善送上船后，船顺利开走了。当再次靠岸时，已经是一天后的深夜。陪同天方的保镖送他下船，临出舱门时，对他说："那辆计程车停在机场的地下三层，车牌没有变，找到后赶快开走。"

转天下午，梨古从总经理办公室出来，坐回到自己的桌前闭上眼睛沉思了一会儿，然后收拾好自己的办公桌，照例下班。走出公司时，迎面开过来一辆车，她猛然认出了那车，是蜜蜜带自己去救天方时开的那辆计程车。她全身都不敢动了，而那车也似乎是见到了自己后停了下来，像是来找自己。她仍然站着不动，那车子也纹丝不动，她更加确定车是来找自己，此刻正在等她。她迈开腿，心里瞬间胡思乱想起来，自己一旦走近，会不会发生意外？开车的人是谁？蜜蜜？不，自己已经付过钱给她了，车子目前属于谁？她的步子向前迈着，脑子里继续琢磨，自己是替谁付的钱，不应该是他吗？

"女士，是你要车吗？"

司机探出了头，向她问道。梨古心一动，认出了他的脸。她摆脱了疑虑与警觉快步上了车子。

"公司门口不能停太久。"她严肃地对他说。

天方笑着启动了车子。她看看他的脸，比那次见到时轻松了许多，布满阳光。

"女士，请系好安全带。"

梨古这才意识到自己忘记系安全带，她忙把安全带抓在手里系好，然后一动不动地坐在车里。一颗慌乱跳动的心和纹丝不动的身体，随着天方的计程车向前动着，奔驰着，从夕阳到日落。

日落以后，天方和刚才判若两人，没有了阳光沐浴的脸显得越来越阴，越来越沉，那股郁又泛了出来。

"饿不饿？"天方在橙山路停下车子后问梨古。

梨古感觉这车里空间太小，她没有做好准备，当他突然出现的时候，她的脸一直不知如何是好，笑吗？哭吗？可心情又平静不下来，她受不了了，转过头要开车门。

"你要去哪儿？"

梨古不顾一切地下了车。自己真的不能面对他。她顺着车尾一步步地走开，离车子稍远一些了，内心依然不知所措，她觉得离车子还不够远，又继续走着，离开了一大段距离。

风和树林占据了橙山路大多数风景，那车子的确小了，模糊了，梨古的心才逐渐平静下来。

就这么走了？她在风中想了想，然后清醒地转过头，准备往回走。她好像有些知道要和他说什么，可双脚刚走了几步，心又受不了了，重新胡思乱想起来，他是否还像当年那般热烈？自己又如何是好？想到这，她停住了脚步。又转回头，想要走远。身后不是没有人紧随纠缠吗？天方不是还在车里安静地坐着吗？也许他比之前深沉了，也许他的棱角与激情被打磨了，想想下午那张阳光轻松的脸，不是很平和吗？可在刚刚临下车时，他的脸是阴沉中带着痛的，他的双眉还在皱着。他会不会一股脑地宣泄出？在已经来临的今夜。

心中这阵慌乱与起伏持续了几分钟后，梨古突然恢复了。她想了想当年，是天方对自己不辞而别，是他离开了自己和那个小生命，是他，全是他！梨古于是迈开双脚，向前面停着的车子走去。车里的天方见她回来，摇下车窗想看她的脸。是天太黑看不清楚吗？天方索性打开车门下了车。她已经走在了他的面前，全部样子出现在天方眼中，此时的她就是个写字楼里职员的模样，

梳妆

那一路上的不自在与慌乱已经荡然无存。他希望能见到她情绪激动、泪水涌出的样子，可是此刻的她已变得冷静好像还有些咄咄逼人。

"为什么在这里停车？既然开到这里了，就继续向前开吧。"

"那你现在饿不饿？"

"你要吃东西？找找便利店。

"你怎么始终不回答我？

"你用车子接我到这里来做什么？如果不再向前开，就回去吧。"

始终没有回应声。

"是要向前开？还是回去？还是找家便利店买些吃的？

"你怎么不回答我？

"还是你根本无法回答？"

终于有了回应声："我回答你，原地不动好了。"

"这算是什么答案？

"你让我原地不动？你认为我只能原地不动？"

又有了一声回应："不，不要动，我这就去买些吃的。等我！等我回来！"

"够了！我不饿，也有的吃，无论是向哪边去。"

"要是在原地不走呢？"

"好啊！你能够做到吗？原地不动，我真要恭喜你！"

"能，我能。"

"然后呢？在这里做什么？"

"我要带你，盖一座房子，搭一张床铺，还有水桶、灶台、烟囱、我的吉他、我的日记……"

"这只能是个梦。"

"圆了它。如果再向前开就可以见到她，她就在村里，把她也接来。"

"谁？"

"当然是我们的女儿。"

这时，只听路尽头传出声响，又是族人的歌声，伴着古老的乐器。不过，那声音是低沉的，越听越感到肃穆。天方和梨古二人同时意识到族中又有人走了。这阵歌声把二人的步调带动得一致起来，两人一同上了车，天方立即掉头，驶向那一方。

梨古的手机突然响了，她连忙接通电话。

"喂！你好！"

"梨古，是我。"

"这么晚了，有什么事吗？"

"梨古，想不想把你那偶像的日记全部从 NYLL 删除？"

"想怎么样？不想又怎么样？"

"十五万。"

"听你的口气很急，出什么事了？"

一阵哭声从电话那头传来，梨古忙问："你怎么了？"

"我们想要逃离 NYLL。"

"如果你需要钱，我可以借给你一些。"

"蜜蜜不想让我对你开口。"

"蜜蜜！她在哪儿？"

"如果我们不马上走，恐怕就来不及了。"

"是不是因为我之前的那次爆料给你们惹了麻烦？"

"现在 NYLL 要被吞并了，对方公司扬言要追踪当时暴露天方被绑架消息的网站编辑和相关负责人以及提供那消息的人。"

梨古听后心里一惊，又问道："是不是莱万医药？"

"是，他们很残酷。天方跑了，佳宾航空也拒绝了莱万。他们现在盯住 NYLL 不放。"

"又是莱万！"梨古愤愤地说。

"除非……"

"除非什么？"梨古问。

"除非能找到天方本人，用他来换我们所有人。"

梨古听后，心简直要跳出来，看了看身旁正在开车的天方，把嘴闭得紧紧的，不敢声张。

"喂！梨古，你在听吗？"

"我在。"

"梨古，能不能帮我们这一次？"

"我考虑一下，哦，我是说，我考虑一下凑钱的事情，毕竟那不是个小数目。"

梨古刚说完，手机就被天方一把抢了过来，断掉了。梨古吓了一跳，说："我还以为你要和对方讲话！"

"这种逼迫什么时候才是个头？"

梨古拿回自己的手机，紧紧握在手里，双眼望着前方。

肚子空空的两人到了村口，他们一起下车，一起走进村子。是哪户人家？天方凭直觉先去到 Po 的屋子，屋门敞开着，屋内已是空无一人，床上的人也没有了。天方忙跑出去，跟着前方那人群一直走。渐渐地，人群的脚步慢下来，走不动了，所有人都围成一圈，成了人墙。天方的视线被挡住了，他有些焦急，不顾一切地往里面挤，用力冲破了人墙。那木棺材正在慢慢地向下沉去，要沉到泥土里。离得最近的人是个年轻姑娘，天方看着她的脸，认出了她，是那木屋里的希娴。

还是那样的夜晚，还是那堆篝火，还是那样的颜色，还是那样的人群，火光远处的人，已是中年，天方幸运地又见到了一个典礼。与二十几年前的那夜不同，那夜是庆祝，而今夜，是送行。天方目不转睛地看着，聚精会神地听着，耳边的调子变换了，由低缓逐渐变得饱含深情，韵味越来越浓，天方双脚不由自主地与他们跳起送行的舞，随他们围着篝火舞动起来。

　　希娴就在天方的对面，注视着对面那位曾见过面的陌生男人，泪水流在他的脸上，纵横交错。她的双眼似乎又在人群中寻找一番，然后低下头，继续守着。

　　天方猛然间转身，重新跑出人墙，这墙温和有温度，对天方礼让又宽容。他寻找着梨古，一时找不到她。天方又想起了凯文说过的中药铺和药铺里面的人。他继续沿着村子寻找，凭记忆找到了当年自己跑来的那条通道，他猜想药铺离通道不会很远，于是，他开始挨家挨户寻找，几乎每个房子里都没有人。

　　希娴跪在地上，哼唱起了歌，她唱的不是族人们口中的调子，而是木盒子中的乐谱。她的声音柔中带着哀，她的双眼饱含热泪又充满渴望。

　　果然，离通道不远处的一个孤注一掷的木房子引起天方的注意，它看上去不是住户的模样，而是像间铺子。大门敞开着，天方走进去，同样空无一人。不过，他认出这就是中药铺。他站在门口等，心又惦记着梨古，要去继续找她吗？不，还是先在这儿等。他虽然站着，心却不停地犹豫着。

　　村外又驶来一辆车，在村口停住后，下来三个人。

　　"伊佩尼，给我们带路。"

"哦，范克，我要是被那个首领认出来怎么办？"

"你又没做什么坏事。"

"可我还是有些不安。"

"范克，不要难为伊佩尼，我前几天不是也来过吗？我们一起走进去就好。"

"校长，你一定是天亮时来的，可现在天黑了，你还认得这里吗？"

"哈哈！还真有些模糊！伊佩尼，你晚上来过这里吗？"

"当然没有。晚上来这里做什么？"

"哈哈！"校长和范克同时笑了起来。于是，佳宾航空环球语言学校的校长和范克、伊佩尼一同向村里走去。

"我们不要惊扰别人，毕竟正在进行的是族中的重大仪式。"范克对校长说。

"是啊！我们先来熟悉环境，考察一下这里的风土人情，为迎接一周后从公司总部来考察的团队做准备。"校长边点头边说。虽然自己也很少来村子，可他还是像个主人一样领着范克和伊佩尼往前走，要尽到地主之谊。

"新总监上任，还兼任着校长一职，到时候你可要和我们一起迎接。有什么要说的？"范克问道。

"我当然要和大家一起完成这次的接待任务，因为我对这里比两位要熟悉很多的，不过，除了这次任务，我还在紧张准备着接下来的客服总监工作，到时难免要多麻烦两位。"校长面带微笑又露出些为难的样子对两位同事说道。

"这个请不用担心，我们一定会努力配合你。感谢公司做出了英明决策，换掉了有问题的客服总监，停止了收购亚洲橙山航线的业务，提拔了你来接替原客服总监，并计划大力开拓橙山区域市场。我们非常有信心同你一起做好今后的工作。"范克连忙表明态度，肯定公司的做法，并鼓励起校长。

"最后一项显得尤为英明，发展游客来观光，真是既开拓这里，又在保护这里。"校长也赞许道。

"当地办公室还是很配合我们公司的。"伊佩尼说。

"总部已经向社会发出了呼吁，保护各地原始生态环境，其中包括这里的这个族。"范克庄重地说道。

"听说雷尼改变了主意，要一直干到退休年龄。"校长聊起了他的老同事。

"干得不错！"范克点头应道。

雷尼那次打给总部的电话中未提及瓦娃与梨古，他向总部极力推荐了瓦娃的父亲任客服总监一职。他希望他们能够继续作为自己的同事一起在佳宾航空公司工作。

三人继续在村子里边走边谈。

"怎么？校长，还想着你的那个学生？"范克又问起来。

"真不知雷尼和她之间发生过什么，他也许对她说过什么？"校长用猜测的口气说道。

范克听后，立刻猜到了校长的"猜测"并表达出来："你是说，也许是雷尼故意让她走掉？"

"雷尼很可能和她讲过什么条件，比如让她充当投诉人去主动撤销投诉。她如果不肯，只能远离。"校长越猜越多，越说越明。

"这些有没有得到过印证？"范克继续明白地猜着校长的"猜测"。

"让我想想。"校长说。

"看样子你已经印证过你的猜想。"范克站住了，将校长那明白的"猜测"肯定地说出来。

"是的，从族长那里。"校长终于肯定了范克的猜测。

"你仍然想让她重新成为我们公司的一员？"范克问道。

"如果那样就太好了！"校长说。

"好运！"范克说完，继续向前走。

伊佩尼见到了希婳，她正守在那里，像是哭晕过去没有醒来的样子。何必要唤醒她，他觉得她属于这里，她的身心都牵着这里，无法真正脱离。她的面庞和其他人一样，那么安宁平和，她的双脚沉稳地贴着泥土，没有一丝跳动的欲望。就让她沉浸在这片土地上，山林中，溪水旁，雨水中，太阳下。

这时，手机响起，伊佩尼看了一下号码，是女友的来电。他心想，这里的信号真是好，任何来电时刻都能接到。他忙走远一些去接听。

"看来我真是注定要和你有关系，连信号都时时刻刻为我们提供说话的机会。"伊佩尼对女友说道。

"伊佩尼，这段时间我仔细考虑过我们之间的感情，我觉得之前是我不够冷静，可能是因为我太重视感情了，我想下个月抽出些时间过去陪你。"

伊佩尼听着电话，却忽然见到黑暗处站着一个女子，身着职业装，肩挎着包，手举着手机，像是在等电话。她来回踱步，有些不知所措，手机要准备放进包里，可是，犹豫了一下，又握紧了。

"喂！喂！"伊佩尼的电话那头传来呼唤声。

梨古一直站在火光之外，透过火光照红的点点缝隙目送着族中那长者，直至进入泥土，被覆盖。红亮的缝隙中还透出了地上的那个年轻姑娘，她的口中又开始哼唱起来，仍然不是族人的调子，仍然是那木盒子中的乐谱。她的声音一点点上扬，她的双眼四处寻找。尽管如此，梨古仍然紧握着手机，回忆着下午临下班时雷尼在办公室对她讲的一番话："我暂时先不离开公司了，也希望你留下继续为公司效力，我们都和从前一样。"而刚刚，她又接到 NYLL 负责人的那个求救电话。她不知该怎么回复他们。

伊佩尼仍然看着那女子，她的脸像这族中的月光，如果被火照亮，是否就会是火光中那姑娘的模样？她盘在脑后的黑发如果散开，是否就会是火焰，是溪流，是山林？她身上的职业装如果被换成族人的衣服，是否和他们一样，或许本就是他们中的一员？

"伊佩尼！伊佩尼！我真的是太重视家了，我不想今后过那种没有一个完整家的日子，我不想，真的不想……"一阵痛哭声从电话那头传来，哭过后，接着说，"伊佩尼，你怎么不说话，你是不是还在生气？"

伊佩尼看着那女子以及眼前的一切，终于开口说道："甜心，你给了我灵感！"

火光将黑夜烧红，送走了 Po 后的希娴独自一人从火光中走回木屋，药铺男子悄悄跟在她身后，他的行李还留在药铺里，他人此刻躲在她的屋外默默看着她。她坐到镜台前，屋外映红夜空的火光依然照着她的脸和她的衣裙。她将那把少了两根齿的梳子拿在手中，一下一下梳理着乌黑的长发，化妆品仍摆在桌上，高跟鞋仍摆在墙边，躺在墙角的那片叶子仍是绿的，家园中的木、火和溪流依然生动又坚实。